Historias de seducción

CLUB INTERNACIONAL DEL LIBRO

Prólogo, diseño y maquetación: Equipo Editorial CIL

Ilustraciones: Angara_sib/Shutterstock.com, Sdecoret/Shutterstock.com

Avda. de Manoteras, 50
28050 Madrid

ISBN: 978-84-407-2972-9 (O.C.)
ISBN: 978-84-407-2973-6
Depósito legal: En trámite (Segundo trimestre 2020)
Impreso en España por: Rol-Press S.L. (Barcelona)
Printed in Spain

DON JUAN TENORIO

JOSÉ ZORRILLA

JOSÉ ZORRILLA

PRÓLOGO

La obra que aquí le presentamos fue escrita por José Zorrilla en 1844, es decir, cuando el joven escritor tenía apenas 27 años. Hay quien dice que fue por encargo, pero lo cierto es que resultó ser una especie de *remake* literario del mito del seductor o don Juan, cuya materialización más lograda hasta el momento había sido la obra atribuida a Tirso de Molina *El burlador de Sevilla y convidado de piedra*, publicada un siglo antes. El drama es clasificado como «religioso-fantástico» y era costumbre en España y México representar la pieza el día de difuntos, costumbre que hoy, 175 años después se sigue llevando a la práctica en diversas localidades, como por ejemplo la ciudad madrileña de Alcalá de Henares. Algunos autores sitúan el origen de esta costumbre en que fue un 1 de noviembre la segunda vez que se representó la obra en un escenario.

Su innovadora estructura dividida en dos partes claramente diferenciadas, rompe con la regla neoclásica de las tres unidades, pues no respeta ni la unidad de acción (de los amores, peleas, apuestas, rapto y engaños de la primera parte se pasa a la reflexiva introspección de la segunda), ni la unidad de tiempo (la primera parte sucede en una sola noche –la de carnaval– del año 1545, mientras que la segunda discurre cinco años después), ni tampoco la unidad de lugar (de los escenarios múltiples del comienzo –taberna de *El Laurel*, convento, plaza, casa del protagonista– se pasa al cementerio y al comedor de la casa del Tenorio, que es donde tienen lugar los fantásticos e irracionales acontecimientos que se suceden en la última parte de la obra).

La composición en versos, de diferentes tipos y medidas (una característica más del romanticismo, movimiento en el que se incluye la obra), confiere a la obra una dinámica muy activa –sobre todo en la primera parte, pues la segunda es mucho más introspectiva– y favorece un ritmo ágil y de fácil asimilación por parte del público, que siempre ha acogido la representación con gran entusiasmo. De hecho, su éxito sobre las tablas fue tal vez uno de los primeros acicates para llevar la obra a la gran pantalla, propiciando así un gran número de versiones cinematográficas.

El Tenorio en el cine y en la televisión

Las adaptaciones de esta obra para el cine han sido tanto nacionales como extranjeras, sobre todo por parte de productores mexicanos a quienes sedujo de manera especial la pieza de Zorrilla. Precisamente una pequeña producción mexicana es la primera de la que hay constancia. La película, o mejor dicho el corto (pues contaba con apenas siete minutos de metraje), fue dirigida y producida por Salvador Toscano. La primera cinta con sello español corrió a cargo de Ricardo Baños y Alberto Marro, de Hispano Films (1908). Duraba más o menos como la mexicana, era muda y fue protagonizada por Cecilio Rodríguez de la Vega. El propio Baños –acompañado de su hermano Ramón– volvió a versionar la misma obra trece años después, pero en este caso la producción fue mucho más ambiciosa y técnicamente superior. La protagonizaron Fortunio Bonanova (como don Juan) e Inés Alcubierre (como doña Inés) y se estrenó en 1924 (dos años y pico después de que finalizara el rodaje). Como curiosidad hay que decir que durante el rodaje murió el propietario de la finca donde se rodaba la cinta y el improvisado cementerio de ficción sirvió de marco para el entierro «de verdad».

En 1927 Juan Andreu dirigió una cinta que parodiaba la obra de Zorrilla y el actor José Benítez fue el protagonista. Salvando las versiones mexicanas de René Cardona en 1937 y la argentina de Luis César Amadori en 1949, llegamos a una que es considerada la mejor adaptación del Tenorio, aunque también incorpora algo de la obra «génesis» del Tenorio, el *Burlador* de Tirso de Molina. Fue dirigida por José Luis Sáenz de Heredia en 1950 y se presentó en el XI Festival de Venecia. Antonio Vilar, Annabella, María Rosa Salgado y María Asquerino fueron algunos de sus protagonistas. La promoción, al más puro estilo hollywoodiano, fue inusitada en la época.

En 1952 Alejandro Perla puso delante de las cámaras a un elenco formado por Enrique Diosdado, María Carmen de Mendoza, José María Rodero, Carmen Seco, Amelia de la Torre y Adolfo Marsillach. Curiosamente, estos actores habían protagonizado la obra de teatro en el Teatro Nacional María Guerrero. Los decorados de la película llevan la firma del gran Salvador Dalí, pero su estreno un año después tuvo un discreto éxito de taquilla.

También a la pequeña pantalla llegó el seductor Don Juan. Entre las diversas producciones televisivas destacan la de Gustavo Pérez Puig –filmada en 1964 y estrenada dos años después– que protagonizaron Francisco Arrabal y Concha Velasco. Es una versión fiel al texto de Zorrilla que tiene más de teatro que de serie.

En 1974 Antonio Mercero realizó otra serie para televisión en la que *dos* don Juanes (José Martín y Antonio Medina) compartían protagonismo con *tres* doñas Inés (Ágata Lys, María Ángeles Garralón y Carmen Maura). Ya en los 90, Mercero grabó una película –*Don Juan, mi querido fantasma*– con un destacado cartel de artistas (Loles León, María Barranco, Verónica Forqué y Rossy de Palma entre otras) y con Juan Luis Galiardo como protagonista. La adaptación, libre y controvertida, del mito clásico a la época actual no tuvo buena crítica.

Otros ejemplos de adaptaciones televisivas son *Don Juan en Alcalá* (1988) de Eugenio García Toledano, con Tony Isbert y Maribel Verdú como protagonistas. Esta producción destaca por el montaje de carácter itinerante entre los seis escenarios que enmarcan la acción. En 1997

José Luis Berlanga rodó su particular –y atípico– *Don Juan* en forma de serie televisiva de tres horas de duración. Los personajes principales fueron encarnados por José Coronado y Silvia Abascal. Este mismo año se estrenó la película dirigida por Tomás Aznar *Viva, muera don Juan Tenorio*. Entre los actores destacan Paquita Rico, Massiel, Ángela Molina, Jesús Fernández y Lorenzo Santamaría.

Ya en el siglo XXI, Víctor Barrera filmó *Amar y Morir en Sevilla (Don Juan Tenorio)* (2001) que fue merecedora de varios galardones y en cuyo reparto figura un entonces debutante Paco León. En 2005, Jaime Azpilicueta versionó el clásico con Mariano Alameda en le papel de Don Juan.

UN APUNTE BIOGRÁFICO

José Zorrilla nació el 21 de febrero de 1817 en Valladolid, aunque pronto la familia se trasladó a Lerma (Burgos). Hay que resaltar la importancia que tenía en la familia la figura paterna: don José, un conservador de férreos principios, absolutista y ferviente partidario del pretendiente al trono español Carlos María Isidro de Borbón. Esta autoridad debió pesar sobre el joven Zorrilla a la hora de decantarse por iniciar la carrera de Derecho, primero en Toledo y después en Valladolid, entre 1833 y 1836. Pero al escritor en ciernes no le gustaban las leyes y empleaba su tiempo dibujando y devorando todas las lecturas que caían en sus manos. Esto fomentó su vocación primeramente como poeta y, al mismo tiempo, enfadó a su padre, quien harto del poco aprovechamiento estudiantil de su vástago, decidió mandarlo a Lerma para trabajar en el campo. El joven no lo dudó y aprovechó el trayecto hacia su triste destino agrario para escaparse a Madrid (1836), donde llevó a cabo una subsistencia con tintes bohemios, privado ya de recursos paternos e intentando ganarse la vida con lo que más le gustaba: escribir.

Esta afición/vocación le llevó a frecuentar círculos literarios y pudo componer también sus primeros versos. La celebridad no tardó en llegar, puesto que tras recitar uno de sus poemas en el entierro del insigne Larra (1837) («*A la memoria del joven literato don Mariano José Larra*») cautivó a algunos de los escritores allí presentes, quienes le abrieron las puertas de tertulias y cafés. También empezó a colaborar en periódicos como *El Español* y *El Porvenir*, publicó su primer libro, *Poesías*, y solo dos años después estrenó en el Teatro del Príncipe su primer drama, *Juan Dandolo*, en colaboración con García Gutiérrez.

A partir de ahí se fueron sucediendo sus mejores obras: *El zapatero y el rey* (en dos partes publicadas en 1480 y 1841); *Cantos del trovador* (1840); *Sancho García* (1842); *El puñal del godo* y *El caballo del rey don Sancho* (1843); *Don Juan Tenorio* (1844); *La calentura* (1846); *Traidor, inconfeso y mártir* (1849) y *María* y *Un cuento de amores* (con Heriberto García de Quevedo) y el tercer tomo de *Obras Completas* (1850). En total, Zorrilla publicó unos ciento cuarenta mil versos y su estilo se mantuvo inalterado hasta el fin de sus días (1893).

A nivel personal, jamás se reconcilió con sus padres, lo que le provocó gran amargura cuando la muerte se los llevó. Se casó en 1838 con Florentina Matilde de O'Reilly, una viuda irlandesa dieciséis años mayor que él, quien propició el distanciamiento familiar de José y hasta su abandono del teatro. Insatisfecho con su matrimonio, el escritor la abandona en 1845 y empieza una existencia viajera por diferentes países. Se instaló primero en París y después en México, donde gozó del favor de Maximiliano I quien le convirtió en director del Teatro Nacional. Solo regresa definitivamente a España en 1866 cuando su esposa ha muerto. Tres años después se vuelve a casar con Juana Pacheco y recibe diversos galardones y reconocimientos públicos que no le acarrean la fortuna, que siempre le fue esquiva. Murió en Madrid el 21 de enero de 1893 pero sus restos fueron finalmente trasladados a Valladolid.

DON JUAN TENORIO

Drama religioso-fantástico en dos partes por Don José Zorrilla

Al señor don Francisco Luis de Vallejo
en prenda de buena memoria.

Su mejor amigo, JOSÉ ZORRILLA.
Madrid.- Marzo de 1844.

Personajes de todo el drama

Don Juan Tenorio.
Don Luis Mejía.
Don Gonzalo de Ulloa, *comendador de Calatrava.*
Don Diego Tenorio.
Doña Inés de Ulloa.
Doña Ana de Pantoja.
Cristófano Buttarelli.
Marcos Ciutti.
Brígida.
Pascual.
El capitán Centellas.
Don Rafael de Avellaneda.
Lucía.
La Abadesa de las Calatravas de Sevilla.
La tornera de ídem.
Gastón.
Miguel.
Un escultor.
Alguacil 1.º
Alguacil 2.º
Un paje *(que no habla).*
La estatua de Don Gonzalo *(él mismo).*
La Sombra de Doña Inés *(ella misma).*

Caballeros, sevillanos, encubiertos, curiosos, esqueletos, estatuas, ángeles, sombras, justicia y pueblo.

La acción en Sevilla, por los años de 1545, últimos del emperador Carlos V. Los cuatro primeros actos pasan en una sola noche. Los tres restantes, cinco años después, y en otra noche.

PRIMERA PARTE

ACTO PRIMERO
LIBERTINAJE Y ESCÁNDALO

Don Juan, Don Luis, Don Diego, Don Gonzalo, Buttarelli, Ciutti, Centellas, Avellaneda, Gastón, Miguel. Caballeros, curiosos, enmascarados, rondas.

Hostería de Cristófano Buttarelli. Puerta en el fondo que da a la calle; mesas, jarros y demás utensilios propios de semejante lugar.

Escena Primera

Don Juan, con antifaz, sentado a una mesa escribiendo, Ciutti y Buttarelli, a un lado esperando. Al levantarse el telón, se ven pasar por la puerta del fondo máscaras, estudiantes y pueblo con hachones, músicas, etc.

DON JUAN
¡Cuál gritan esos malditos!
¡Pero mal rayo me parta
si en concluyendo la carta
no pagan caros sus gritos!
(Sigue escribiendo.)

BUTTARELLI
(A Ciutti.)
Buen Carnaval.

CIUTTI
(A Buttarelli.)
Buen agosto
para rellenar la arquilla.

BUTTARELLI ¡Quiá! Corre ahora por Sevilla
poco gusto y mucho mosto.
Ni caen aquí buenos peces,
que son casas mal miradas
por gentes acomodadas,
y atropelladas a veces.

CIUTTI Pero hoy…

BUTTARELLI Hoy no entra en la cuenta,
Ciutti; se ha hecho buen trabajo.

CIUTTI ¡Chist! habla un poco más bajo,
que mi señor se impacienta
pronto.

BUTTARELLI ¿A su servicio estás?

CIUTTI Ya ha un año.

BUTTARELLI ¿Y qué tal te sale?

CIUTTI No hay prior que se me iguale;
tengo cuanto quiero, y más.
Tiempo libre, bolsa llena,
buenas mozas y buen vino.

BUTTARELLI Cuerpo de tal, ¡qué destino!

CIUTTI *(Señalando a Don Juan.)*
Y todo ello a costa ajena.

BUTTARELLI Rico, ¿eh?

CIUTTI Varea la plata.

BUTTARELLI ¿Franco?

CIUTTI Como un estudiante.

BUTTARELLI ¿Y noble?

CIUTTI — Como un infante.

BUTTARELLI — ¿Y bravo?

CIUTTI — Como un pirata.

BUTTARELLI — ¿Español?

CIUTTI — Creo que sí.

BUTTARELLI — ¿Su nombre?

CIUTTI — Lo ignoro en suma.

BUTTARELLI — ¡Bribón! ¿Y dónde va?

CIUTTI — Aquí.

BUTTARELLI — Largo plumea.

CIUTTI — Es gran pluma.

BUTTARELLI — ¿Y a quién mil diablos escribe
tan cuidadoso y prolijo?

CIUTTI — A su padre.

BUTTARELLI — ¡Vaya un hijo!

CIUTTI — Para el tiempo en que se vive,
es un hombre extraordinario.
Pero calla.

DON JUAN — (*Cerrando la carta.*)
Firmo y plego.
¡Ciutti!

CIUTTI — Señor.

DON JUAN — Este pliego
irá, dentro del horario
en que reza doña Inés,
a sus manos a parar.

CIUTTI ¿Hay respuesta que aguardar?

DON JUAN Del diablo con guardapiés
que la asiste, de su dueña,
que mis intenciones sabe,
recogerás una llave,
una hora y una seña;
y más ligero que el viento,
aquí otra vez.

CIUTTI Bien está.

(*Vase.*)

Escena II

Don Juan y Buttarelli.

DON JUAN Cristófano, *vieni quá.*

BUTTARELLI *Eccellenza!*

DON JUAN *Senti.*

BUTTARELLI *Sento.*
Ma ho imparato il castigliano,
se è più facile al signor
la sua lingua…

DON JUAN Sí, es mejor:
lascia dunque il tuo toscano,
y dime: don Luis Mejía
¿ha venido hoy?

BUTTARELLI Excelencia,
no está en Sevilla.

DON JUAN ¿Su ausencia
dura en verdad todavía?

BUTTARELLI Tal creo.

DON JUAN ¿Y noticia alguna
no tienes de él?

BUTTARELLI ¡Ah! Una historia
me viene ahora a la memoria
que os podrá dar…

DON JUAN ¿Oportuna
luz sobre el caso?

BUTTARELLI Tal vez.

DON JUAN Habla, pues.

BUTTARELLI *(Hablando consigo mismo.)*
No, no me engaño;
esta noche cumple el año,
lo había olvidado.

DON JUAN ¡Pardiez!
¿Acabarás con tu cuento?

BUTTARELLI Perdonad, señor; estaba
recordando el hecho.

DON JUAN Acaba,
¡vive Dios! que me impaciento.

BUTTARELLI Pues es el caso, señor,
que el caballero Mejía,
por quien preguntáis, dio un día
en la ocurrencia peor
que ocurrírsele podía.

DON JUAN
Suprime lo al hecho extraño;
que apostaron me es notorio
a quién haría en un año,
con más fortuna, más daño,
Luis Mejía y Juan Tenorio.

BUTTARELLI
¿La historia sabéis?

DON JUAN
Entera;
por eso te he preguntado
por Mejía.

BUTTARELLI
¡Oh! me pluguiera
que la apuesta se cumpliera,
que pagan bien y al contado.

DON JUAN
¿Y no tienes confianza
en que don Luis a esta cita
acuda?

BUTTARELLI
¡Quiá! ni esperanza;
el fin del plazo se avanza,
y estoy cierto que maldita
la memoria que ninguno
guarda de ello.

DON JUAN
Basta ya.
Toma.

BUTTARELLI
Excelencia, ¿y de alguno
de ellos sabéis vos?

DON JUAN
Quizá.

BUTTARELLI
¿Vendrán, pues?

DON JUAN
Al menos uno;
mas por si acaso los dos

dirigen aquí sus huellas
el uno del otro en pos,
tus dos mejores botellas
prevenles.

BUTTARELLI Mas…

DON JUAN ¡Chito…!. Adiós.

Escena III

Buttarelli.

BUTTARELLI ¡Santa Madona! De vuelta
Mejía y Tenorio están
sin duda… y recogerán
los dos la palabra suelta.
¡Oh! sí; ese hombre tiene traza
de saberlo a fondo.

(Ruido adentro.)

Pero
¿qué es esto?
(Se asoma a la puerta.)
¡Anda! el forastero
está riñendo en la plaza.
¡Válgame Dios! ¡Qué bullicio!
¡Cómo se le arremolina
chusma… y cómo la acoquina
él solo! ¡Uf! ¡Qué estropicio!
¡Cuál corren delante de él!
No hay duda, están en Castilla

los dos, y anda ya Sevilla
toda revuelta. ¡Miguel!

Escena IV

Buttarelli y Miguel.

MIGUEL *¿Che comanda?*

BUTTARELLI *Presto, qui*
servi una tavola, amico,
e del Lacryma più antico
porta due buttiglie.

MIGUEL *Si,*
signor padron.

BUTTARELLI *Micheletto,*
apparechia in carità
lo più ricco, que si fa,
afrettati!

MIGUEL *Già mi afretto,*
signor padrone.

(Vase.)

Escena V

Buttarelli y Don Gonzalo.

DON GONZALO Aquí es.
¿Patrón?

BUTTARELLI ¿Qué se ofrece?

DON GONZALO — Quiero
hablar con el hostelero.

BUTTARELLI — Con él habláis; decid, pues.

DON GONZALO — ¿Sois vos?

BUTTARELLI — Sí, mas despachad,
que estoy de priesa.

DON GONZALO — En tal caso,
ved si es cabal y de paso
esa dobla, y contestad.

BUTTARELLI — ¡Oh, excelencia!

DON GONZALO — ¿Conocéis
a don Juan Tenorio?

BUTTARELLI — Sí.

DON GONZALO — ¿Y es cierto que tiene aquí
hoy una cita?

BUTTARELLI — ¡Oh! ¿seréis
vos el otro?

DON GONZALO — ¿Quién?

BUTTARELLI — Don Luis.

DON GONZALO — No; pero estar me interesa
en su entrevista.

BUTTARELLI — Esta mesa
les preparo; si os servís
en esotra colocaros,
podréis presenciar la cena
que les daré... ¡Oh! será escena
que espero que ha de admiraros.

DON GONZALO Lo creo.

BUTTARELLI Son, sin disputa,
los dos mozos más gentiles
de España.

DON GONZALO Sí, y los más viles
también.

BUTTARELLI ¡Bah! Se les imputa
cuanto malo se hace hoy día;
mas la malicia lo inventa,
pues nadie paga su cuenta
como Tenorio y Mejía.

DON GONZALO ¡Ya!

BUTTARELLI Es afán de murmurar,
porque conmigo, señor,
ninguno lo hace mejor,
y bien lo puedo jurar.

DON GONZALO No es necesario más…

BUTTARELLI ¿Qué?

DON GONZALO Quisiera yo ocultamente
verlos, y sin que la gente
me reconociera.

BUTTARELLI A fe
que eso es muy fácil, señor.
Las fiestas de Carnaval,
al hombre más principal
permiten sin deshonor
de su linaje, servirse
de un antifaz, y bajo él,

¿quién sabe, hasta descubrirse,
de qué carne es el pastel?

DON GONZALO Mejor fuera en aposento
contiguo…

BUTTARELLI Ninguno cae
aquí.

DON GONZALO Pues entonces trae
el antifaz.

BUTTARELLI Al momento.

Escena VI

Don Gonzalo.

DON GONZALO No cabe en mi corazón
que tal hombre pueda haber,
y no quiero cometer
con él una sinrazón.
Yo mismo indagar prefiero
la verdad… mas, a ser cierta
la apuesta, primero muerta
que esposa suya la quiero.
No hay en la tierra interés
que si la daña me cuadre;
primero seré buen padre,
buen caballero después.
Enlace es de gran ventaja,
mas no quiero que Tenorio
del velo del desposorio
la recorte una mortaja.

Escena VII

Don Gonzalo y Buttarelli, que trae un antifaz.

BUTTARELLI Ya está aquí.

DON GONZALO Gracias, patrón;
¿tardarán mucho en llegar?

BUTTARELLI Si vienen, no han de tardar;
cerca de las ocho son.

DON GONZALO ¿Esa es la hora señalada?

BUTTARELLI Cierra el plazo, y es asunto
de perder quien no esté a punto
de la primer campanada.

DON GONZALO Quiera Dios que sea una chanza,
y no lo que se murmura.

BUTTARELLI No tengo aún por muy segura
de que cumplan, la esperanza;
pero si tanto os importa
lo que ello sea saber,
pues la hora está al caer,
la dilación es ya corta.

DON GONZALO Cúbrome, pues, y me siento.
(Se sienta a una mesa a la derecha, y se pone el antifaz.)

BUTTARELLI *(Aparte.)*
Curioso el viejo me tiene
del misterio con que viene...
y no me quedo contento
hasta saber quién es él.
(Limpia y trajina, mirándole de reojo.)

DON GONZALO *(Aparte.)*
¡Que un hombre como yo tenga
que esperar aquí, y se avenga
con semejante papel!
En fin, me importa el sosiego
de mi casa, y la ventura
de una hija sencilla y pura,
y no es para echarlo a juego.

Escena VIII

Don Gonzalo, Buttarelli y Don Diego, a la puerta del fondo.

DON DIEGO La seña está terminante,
aquí es; bien me han informado;
llego pues.

BUTTARELLI ¿Otro embozado?

DON DIEGO ¿Ah de esta casa?

BUTTARELLI Adelante.

DON DIEGO ¿La Hostería del Laurel?

BUTTARELLI En ella estáis, caballero.

DON DIEGO ¿Está en casa el hostelero?

BUTTARELLI Estáis hablando con él.

DON DIEGO ¿Sois vos Buttarelli?

BUTTARELLI Yo.

DON DIEGO ¿Es verdad que hoy tiene aquí
Tenorio una cita?

BUTTARELLI — Sí.

DON DIEGO — ¿Y ha acudido a ella?

BUTTARELLI — No.

DON DIEGO — ¿Pero acudirá?

BUTTARELLI — No sé.

DON DIEGO — ¿Le esperáis vos?

BUTTARELLI — Por si acaso
venir le place.

DON DIEGO — En tal caso,
yo también le esperaré.
(Se sienta al lado opuesto a Don Gonzalo.)

BUTTARELLI — ¿Que os sirva vianda alguna
queréis mientras?

DON DIEGO — No; tomad.

BUTTARELLI — ¿Excelencia?

DON DIEGO — Y excusad
conversación importuna.

BUTTARELLI — Perdonad.

DON DIEGO — Vais perdonado;
dejadme, pues.

BUTTARELLI — *(Aparte.)*
¡Jesucristo!
En toda mi vida he visto
hombre más mal humorado.

DON DIEGO — *(Aparte.)*
¡Que un hombre de mi linaje

descienda a tan ruin mansión!
Pero no hay humillación
a que un padre no se baje
por un hijo. Quiero ver
por mis ojos la verdad,
y el monstruo de liviandad
a quien pude dar el ser.

(Buttarelli, que anda arreglando sus trastos, contempla desde el fondo a Don Gonzalo y a Don Diego, que permanecerán embozados y en silencio.)

BUTTARELLI ¡Vaya un par de hombres de piedra!
Para éstos sobra mi abasto;
mas, ¡pardiez!, pagan el gasto
que no hacen, y así se medra.

Escena IX

Don Gonzalo , Don Diego, Buttarelli, el Capitán Centellas, Avellaneda y dos caballeros.

AVELLANEDA Vinieron, y os aseguro
que se efectuará la apuesta.

CENTELLAS Entremos, pues. ¿Buttarelli?

BUTTARELLI Señor capitán Centellas,
¿vos por aquí?

CENTELLAS Sí, Cristófano.
¿Cuándo aquí sin mi presencia
tuvieron lugar las orgías
que han hecho raya en la época?

BUTTARELLI Como ha tanto tiempo ya
que no os he visto…

CENTELLAS Las guerras
del Emperador a Túnez
me llevaron; mas mi hacienda
me vuelve a traer a Sevilla;
y, según lo que me cuentan,
llego lo más a propósito
para renovar añejas
amistades. Conque apróntanos
luego unas cuantas botellas,
y en tanto que humedecemos
la garganta, verdadera
relación haznos de un lance
sobre el cual hay controversia.

BUTTARELLI Todo se andará; mas antes
dejadme ir a la bodega.

VARIOS Sí, sí.

Escena X

Dichos, menos Buttarelli.

CENTELLAS Sentarse, señores,
y que siga Avellaneda
con la historia de don Luis.

AVELLANEDA No hay ya más que decir de ella,
sino que creo imposible
que la de Tenorio sea
más endiablada, y que apuesto
por don Luis.

CENTELLAS
Acaso pierdas.
Don Juan Tenorio, se sabe
que es la más mala cabeza
del orbe, y no hubo hombre alguno
que aventajarle pudiera
con solo su inclinación;
conque, ¿qué hará si se empeña?

AVELLANEDA
Pues yo sé bien que Mejía
las ha hecho tales, que a ciegas
se puede apostar por él.

CENTELLAS
Pues el capitán Centellas
pone por don Juan Tenorio
cuanto tiene.

AVELLANEDA
Pues se acepta
por don Luis, que es muy mi amigo.

CENTELLAS
Pues todo en contra se arriesga;
porque no hay como Tenorio
otro hombre sobre la tierra,
y es proverbial su fortuna
y extremadas sus empresas.

Escena XI

Dichos y Buttarelli, con botellas.

BUTTARELLI
Aquí hay Falerno, Borgoña,
Sorrento.

CENTELLAS
De lo que quieras
sirve, Cristófano, y dinos:
¿Qué hay de cierto en una apuesta,

por don Juan Tenorio ha un año
y don Luis Mejía hecha?

BUTTARELLI Señor capitán, no sé
tan a fondo la materia,
que os pueda sacar de dudas;
pero os diré lo que sepa.

VARIOS Habla, habla.

BUTTARELLI Yo, la verdad,
aunque fue en mi casa mesma
la cuestión entre ambos, como
pusieron tan larga fecha
a su plazo, creí siempre
que nunca a efecto viniera.
Así es que ni aun me acordaba
de tal cosa a la hora de esta.
Mas esta tarde, sería
al anochecer apenas,
entrose aquí un caballero
pidiéndome que le diera
recado con que escribir
una carta, y a sus letras
atento no más, me dio
tiempo a que charla metiera
con un paje que traía
paisano mío, de Génova.
No saqué nada del paje,
que es por Dios muy brava pesca;
mas cuando su amo acababa
la carta, le envió con ella
a quien iba dirigida;
el caballero en mi lengua
me habló, y me pidió noticias

de don Luis; dijo que entera
sabía de ambos la historia,
y tenía la certeza
de que al menos uno de ellos
acudiría a la apuesta.
Yo quise saber más de él;
mas púsome dos monedas
de oro en la mano, diciéndome
[así, como a la deshecha]:
«Y por si acaso los dos
al tiempo aplazado llegan,
ten prevenidas para ambos
tus dos mejores botellas».
Largose sin decir más,
y yo, atento a sus monedas,
les puse en el mismo sitio
donde apostaron, la mesa.
Y vedla allí con dos sillas,
dos copas y dos botellas.

AVELLANEDA Pues señor, no hay que dudar;
era don Luis.

CENTELLAS Don Juan era.

AVELLANEDA ¿Tú no le viste la cara?

BUTTARELLI Si la traía cubierta
con un antifaz.

CENTELLAS Pero, hombre,
¿tú a los dos no los recuerdas?
¿O no sabes distinguir
a las gentes por sus señas
lo mismo que por sus caras?

BUTTARELLI — Pues confieso mi torpeza;
no lo supe conocer,
y lo procuré de veras.
Pero silencio.

AVELLANEDA — ¿Qué pasa?

BUTTARELLI — A dar el reloj comienza
los cuartos para las ocho.

(Dan.)

CENTELLAS — Ved, ved la gente que se entra.

AVELLANEDA — Como que está de este lance
curiosa Sevilla entera.

(Se oyen dar las ocho; varias personas entran y se reparten en silencio por la escena; al dar la última campanada, Don Juan, con antifaz, se llega a la mesa que ha preparado Buttarelli en el centro del escenario, y se dispone a ocupar una de las dos sillas que están delante de ella. Inmediatamente después de él, entra DON LUIS, también con antifaz, y se dirige a la otra. Todos los miran.)

Escena XII

Don Diego, Don Gonzalo, Don Juan, Don Luis, Buttarelli, Centellas, Avellaneda, caballeros, curiosos y enmascarados.

AVELLANEDA — *(A CENTELLAS por DON JUAN.)*
Verás aquel, si ellos vienen,
qué buen chasco que se lleva.

CENTELLAS — *(A AVELLANEDA por DON LUIS.)*
Pues allí va otro a ocupar
la otra silla; ¡uf! aquí es ella.

DON JUAN *(A Don Luis.)*
Esa silla está comprada,
hidalgo.

DON LUIS *(A Don Juan.)*
Lo mismo digo,
hidalgo; para un amigo
tengo yo esotra pagada.

DON JUAN Que esta es mía haré notorio.

DON LUIS Y yo también que esta es mía.

DON JUAN Luego sois don Luis Mejía.

DON LUIS Seréis, pues, don Juan Tenorio.

DON JUAN Puede ser.

DON LUIS Vos lo decís.

DON JUAN ¿No os fiáis?

DON LUIS No.

DON JUAN Yo tampoco.

DON LUIS Pues no hagamos más el coco.

DON JUAN Yo soy don Juan.
(Quitándose la máscara.)

DON LUIS *(Haciendo lo mismo.)*
Yo don Luis.

(Se sientan. El Capitán Centellas, Avellaneda, Buttarelli y algunos otros se van a ellos y les saludan, abrazan y dan la mano, y hacen otras semejantes muestras de cariño y amistad. Don Juan y Don Luis las aceptan cortésmente.)

CENTELLAS ¡Don Juan!

AVELLANEDA ¡Don Luis!

DON JUAN ¡Caballeros!

DON LUIS ¡Oh, amigos! ¿Qué dicha es esta?

AVELLANEDA Sabíamos vuestra apuesta
y hemos acudido a veros.

DON LUIS Don Juan y yo tal bondad
en mucho os agradecemos.

DON JUAN El tiempo no malgastemos,
Don Luis.
(A los otros.)
¡Sillas arrimad .
(A los que están lejos.)
Caballeros, yo supongo
que a ustedes también aquí
les trae la apuesta, y por mí,
a antojo tal no me opongo.

DON LUIS Ni yo; que aunque nada más
fue el empeño entre los dos,
no ha de decirse, por Dios,
que me avergonzó jamás.

DON JUAN Ni a mí, que el orbe es testigo
de que hipócrita no soy,
pues por doquiera que voy
va el escándalo conmigo.

DON LUIS ¡Eh! ¿Y esos dos no se llegan
a escuchar? Vos.
(Por Don Diego y Don Gonzalo.)

DON DIEGO Yo estoy bien.

DON LUIS ¿Y vos?

DON GONZALO De aquí oigo también.

DON LUIS Razón tendrán si se niegan.

(Se sientan todos alrededor de la mesa en que están Don Luis Mejía y Don Juan Tenorio.)

DON JUAN ¿Estamos listos?

DON LUIS Estamos.

DON JUAN Como quien somos cumplimos.

DON LUIS Veamos, pues, lo que hicimos.

DON JUAN Bebamos antes.

DON LUIS Bebamos.

(Lo hacen.)

DON JUAN La apuesta fue…

DON LUIS Porque un día
dije que en España entera
no habría nadie que hiciera
lo que hiciera Luis Mejía.

DON JUAN Y siendo contradictorio
al vuestro mi parecer,
yo os dije: «Nadie ha de hacer
lo que hará Don Juan Tenorio».
¿No es así?

DON LUIS Sin duda alguna;
y vinimos a apostar

quién de ambos sabría obrar
peor, con mejor fortuna,
en el término de un año;
juntándonos aquí hoy
a probarlo.

DON JUAN — Y aquí estoy.

DON LUIS — Y yo.

CENTELLAS — ¡Empeño bien extraño,
por vida mía!

DON JUAN — Hablad, pues.

DON LUIS — No, vos debéis empezar.

DON JUAN — Como gustéis, igual es,
que nunca me hago esperar.
Pues señor, yo desde aquí,
buscando mayor espacio
para mis hazañas, di
sobre Italia, porque allí
tiene el placer un palacio.
De la guerra y del amor
antigua y clásica tierra,
y en ella el Emperador,
con ella y con Francia en guerra,
díjeme: «¿Dónde mejor?
Donde hay soldados, hay juego,
hay pendencias y amoríos».
Di, pues, sobre Italia luego,
buscando a sangre y a fuego
amores y desafíos.
En Roma, a mi apuesta fiel,
fijé entre hostil y amatorio

en mi puerta este cartel:
«Aquí está Don Juan Tenorio
para quien quiera algo de él».
De aquellos días la historia
a relataros renuncio;
remítome a la memoria
que dejé allí, y de mi gloria
podéis juzgar por mi anuncio.
Las romanas caprichosas,
las costumbres licenciosas,
yo gallardo y calavera,
quién a cuento redujera
mis empresas amorosas.
Salí de Roma por fin
como os podéis figurar,
con un disfraz harto ruin,
y a lomos de un mal rocín,
pues me querían ahorcar.
Fui al ejército de España;
mas todos paisanos míos,
soldados y en tierra extraña,
dejé pronto su compaña
tras cinco o seis desafíos.
Nápoles, rico vergel
de amor, de placer emporio,
vio en mi segundo cartel:
«Aquí está don Juan Tenorio,
y no hay hombre para él.
Desde la princesa altiva
a la que pesca en ruin barca,
no hay hembra a quien no suscriba,
y cualquiera empresa abarca
si en oro o valor estriba.

Búsquenle los reñidores;
cérquenle los jugadores;
quien se precie, que le ataje;
a ver si hay quien le aventaje
en juego, en lid o en amores».
Esto escribí; y en medio año
que mi presencia gozó
Nápoles, no hay lance extraño,
no hubo escándalo ni engaño
en que no me hallara yo.
Por dondequiera que fui,
la razón atropellé,
la virtud escarnecí,
a la justicia burlé
y a las mujeres vendí.
Yo a las cabañas bajé,
yo a los palacios subí,
yo los claustros escalé,
y en todas partes dejé
memoria amarga de mí.
Ni reconocí sagrado,
ni hubo razón ni lugar
por mi audacia respetado;
ni en distinguir me he parado
al clérigo del seglar.
A quien quise provoqué,
con quien quiso me batí,
y nunca consideré
que pudo matarme a mí
aquel a quien yo maté.
A esto don Juan se arrojó,
y escrito en este papel
está cuanto consiguió,

y lo que él aquí escribió,
mantenido está por él.

DON LUIS — Leed, pues.

DON JUAN — No; oigamos antes
vuestros bizarros extremos,
y si traéis terminantes
vuestras notas comprobantes,
lo escrito cotejaremos.

DON LUIS — Decís bien; cosa es que está,
Don Juan, muy puesta en razón;
aunque, a mi ver, poco irá
de una a otra relación.

DON JUAN — Empezad, pues.

DON LUIS — Allá va.
Buscando yo, como vos,
a mi aliento empresas grandes,
dije: «¿Dó iré, ¡vive Dios!
de amor y lides en pos
que vaya mejor que a Flandes?
Allí, puesto que empeñadas
guerras hay, a mis deseos
habrá al par centuplicadas
ocasiones extremadas
de riñas y galanteos».
Y en Flandes conmigo di,
mas con tan negra fortuna,
que al mes de encontrarme allí
todo mi caudal perdí,
dobla a dobla, una por una.
En tan total carestía
mirándome de dineros,

de mí todo el mundo huía,
mas yo busqué compañía
y me uní a unos bandoleros.
Lo hicimos bien, ¡voto a tal!,
y fuimos tan adelante,
con suerte tan colosal,
que entramos a saco en Gante
el palacio episcopal.
¡Qué noche! Por el decoro
de la Pascua, el buen obispo
bajó a presidir el coro,
y aún de alegría me crispo
al recordar su tesoro.
Todo cayó en poder nuestro;
mas mi capitán, avaro,
puso mi parte en secuestro;
reñimos, yo fui más diestro,
y le crucé sin reparo.
Jurome al punto la gente
capitán, por más valiente;
jureles yo amistad franca;
pero a la noche siguiente
hui y les dejé sin blanca.
Yo me acordé del refrán
de que quien roba al ladrón
ha cien años de perdón,
y me arrojé a tal desmán
mirando a mi salvación.
Pasé a Alemania opulento,
mas un provincial jerónimo,
hombre de mucho talento,
me conoció, y al momento
me delató en un anónimo.

Compré a fuerza de dinero
la libertad y el papel;
y topando en un sendero
al fraile, le envié certero
una bala envuelta en él.
Salté a Francia, ¡buen país!,
y como en Nápoles vos,
puse un cartel en París
diciendo: «Aquí hay un don Luis
que vale lo menos dos».
Parará aquí algunos meses,
y no trae más intereses
ni se aviene a más empresas,
que a adorar a las francesas
y a reñir con los franceses».
Esto escribí; y en medio año
que mi presencia gozó
París, no hubo lance extraño,
ni hubo escándalo ni daño
donde no me hallara yo.
Mas como don Juan, mi historia
también a alargar renuncio;
que basta para mi gloria
la magnífica memoria
que allí dejé con mi anuncio.
Y cual vos, por donde fui
la razón atropellé,
la virtud escarnecí,
a la justicia burlé,
y a las mujeres vendí.
Mi hacienda llevo perdida
tres veces; mas se me antoja
reponerla, y me convida

mi boda comprometida
con doña Ana de Pantoja.
Mujer muy rica me dan,
y mañana hay que cumplir
los tratos que hechos están;
lo que os advierto, don Juan,
por si queréis asistir.
A esto don Luis se arrojó,
y escrito en este papel
está lo que consiguió;
y lo que él aquí escribió
mantenido está por él.

DON JUAN
La historia es tan semejante
que está en el fiel la balanza;
mas vamos a lo importante,
que es el guarismo a que alcanza
el papel; conque adelante.

DON LUIS
Razón tenéis en verdad.
Aquí está el mío; mirad,
por una línea apartados
traigo los nombres sentados
para mayor claridad.

DON JUAN
Del mismo modo arregladas
mis cuentas traigo en el mío;
en dos líneas separadas
los muertos en desafío
y las mujeres burladas.
Contad.

DON LUIS
Contad.

DON JUAN
Veintitrés.

DON LUIS — Son los muertos. A ver vos.
¡Por la cruz de San Andrés!
Aquí sumo treinta y dos.

DON JUAN — Son los muertos.

DON LUIS — Matar es.

DON JUAN — Nueve os llevo.

DON LUIS — Me vencéis.
Pasemos a las conquistas.

DON JUAN — Sumo aquí cincuenta y seis.

DON LUIS — Y yo sumo en vuestras listas
setenta y dos.

DON JUAN — Pues perdéis.

DON LUIS — ¡Es increíble, don Juan!

DON JUAN — Si lo dudáis, apuntados
los testigos ahí están,
que si fueren preguntados
os lo testificarán.

DON LUIS — ¡Oh! Y vuestra lista es cabal.

DON JUAN — Desde una princesa real
a la hija de un pescador,
¡oh! ha recorrido mi amor
toda la escala social.
¿Tenéis algo que tachar?

DON LUIS — Solo una os falta en justicia.

DON JUAN — ¿Me la podéis señalar?

DON LUIS — Sí, por cierto; una novicia
que esté para profesar.

DON JUAN — ¡Bah! pues yo os complaceré
doblemente, porque os digo
que a la novicia uniré
la dama de algún amigo
que para casarse esté.

DON LUIS — ¡Pardiez, que sois atrevido!

DON JUAN — Yo os lo apuesto si queréis.

DON LUIS — Digo que acepto el partido.
¿Para darlo por perdido,
queréis veinte días?

DON JUAN — Seis.

DON LUIS — ¡Por Dios, que sois hombre extraño!
¿Cuántos días empleáis
en cada mujer que amáis?

DON JUAN — Partid los días del año
entre las que ahí encontráis.
Uno para enamorarlas,
otro para conseguirlas,
otro para abandonarlas,
dos para sustituirlas,
y una hora para olvidarlas.
Pero la verdad a hablaros,
pedir más no se me antoja,
porque, pues vais a casaros,
mañana pienso quitaros
a doña Ana de Pantoja.

DON LUIS — Don Juan, ¿qué es lo que decís?

DON JUAN — Don Luis, lo que oído habéis.

DON LUIS — Ved, don Juan, lo que emprendéis.

Don Juan — Lo que he de lograr, don Luis.

Don Luis — ¡Gastón!

Gastón — Señor.

Don Luis — Ven acá.

(Habla Don Luis en secreto con Gastón, y este se va precipitadamente.)

Don Juan — ¡Ciutti!

Ciutti — Señor.

Don Juan — Ven aquí.

(Don Juan habla también con Ciutti, que hace lo mismo.)

Don Luis — ¿Estáis en lo dicho?

Don Juan — Sí.

Don Luis — Pues va la vida.

Don Juan — Pues va.

(Don Gonzalo, levantándose de la mesa en que ha permanecido inmóvil durante la escena anterior, se afronta con Don Juan y Don Luis.)

Don Gonzalo — ¡Insensatos! Vive Dios,
que a no temblarme las manos,
a palos, como a villanos,
os diera muerte a los dos.

Don Juan y Don Luis — Veamos.

Don Gonzalo — Excusado es,
que he vivido lo bastante

para no estar arrogante
donde no puedo.

DON JUAN Idos, pues.

DON GONZALO Antes, don Juan, de salir
de donde oírme podáis,
es necesario que oigáis
lo que os tengo que decir.
Vuestro buen padre don Diego,
porque pleitos acomoda,
os apalabró una boda
que iba a celebrarse luego;
pero por mí mismo yo,
lo que erais queriendo ver,
vine aquí al anochecer,
y el veros me avergonzó.

DON JUAN ¡Por Satanás, viejo insano,
que no sé cómo he tenido
calma para haberte oído
sin asentarte la mano!
¡Pero di pronto quién eres,
porque me siento capaz
de arrancarte el antifaz
con el alma que tuvieres!

DON GONZALO ¡Don Juan!

DON JUAN ¡Pronto!

DON GONZALO Mira, pues.

DON JUAN ¡Don Gonzalo!

DON GONZALO El mismo soy.
Y adiós, don Juan; más desde hoy
no penséis en doña Inés.

Porque antes que consentir
en que se case con vos,
el sepulcro, ¡juro a Dios!,
por mi mano la he de abrir.

DON JUAN Me hacéis reír, Don Gonzalo;
pues venirme a provocar,
es como ir a amenazar
a un león con un mal palo.
Y pues hay tiempo, advertir
os quiero a mi vez a vos
que, o me la dais, o por Dios
que a quitárosla he de ir.

DON GONZALO ¡Miserable!

DON JUAN Dicho está;
solo una mujer como esta
me falta para mi apuesta;
ved, pues, que apostada va.

(Don Diego, levantándose de la mesa en que ha permanecido encubierto mientras la escena anterior, baja al centro de la escena, encarándose con Don Juan.)

DON DIEGO No puedo más escucharte,
vil don Juan, porque recelo
que hay algún rayo en el cielo
preparado a aniquilarte.
¡Ah...! No pudiendo creer
lo que de ti me decían,
confiando en que mentían,
te vine esta noche a ver.
Pero te juro, malvado,

que me pesa haber venido
para salir convencido
de lo que es para ignorado.
Sigue, pues, con ciego afán
en tu torpe frenesí,
mas nunca vuelvas a mí;
no te conozco, don Juan.

DON JUAN ¿Quién nunca a ti se volvió,
ni quién osa hablarme así,
ni qué se me importa a mí
que me conozcas o no?

DON DIEGO Adiós, pues; mas no te olvides
de que hay un Dios justiciero.

DON JUAN Ten.
(Deteniéndole.)

DON DIEGO ¿Qué quieres?

DON JUAN Verte quiero.

DON DIEGO Nunca; en vano me lo pides.

DON JUAN ¿Nunca?

DON DIEGO No.

DON JUAN Cuando me cuadre.

DON DIEGO ¿Cómo?

DON JUAN Así.
(Le arranca el antifaz.)

TODOS ¡Don Juan!

DON DIEGO ¡Villano!
¡Me has puesto en la faz la mano!

DON JUAN ¡Válgame Cristo, mi padre!

DON DIEGO Mientes; no lo fui jamás.

DON JUAN ¡Reportaos, con Belcebú!

DON DIEGO No; los hijos como tú
son hijos de Satanás.
Comendador, nulo sea
lo hablado.

DON GONZALO Ya lo es por mí;
vamos.

DON DIEGO Sí; vamos de aquí,
donde tal monstruo no vea.
Don Juan, en brazos del vicio
desolado te abandono;
me matas… mas te perdono
de Dios en el santo juicio.

(Vanse poco a poco Don Diego y Don Gonzalo.)

DON JUAN Largo el plazo me ponéis;
mas ved que os quiero advertir
que yo no os he ido a pedir
jamás que me perdonéis.
Conque no paséis afán
de aquí adelante por mí,
que como vivió hasta aquí,
vivirá siempre don Juan.

Escena XIII

Don Juan, Don Luis, Centellas, Avellaneda, Buttarelli, curiosos y máscaras.

DON JUAN
¡Eh! Ya salimos del paso;
y no hay que extrañar la homilía;
son pláticas de familia
de las que nunca hice caso.
Conque lo dicho, don Luis,
van doña Ana y doña Inés
en puesta.

DON LUIS
Y el precio es
la vida.

DON JUAN
Vos lo decís;
vamos.

DON LUIS
Vamos.

(Al salir, se presenta una ronda que les detiene.)

Escena XIV

Dichos y una ronda de Alguaciles.

ALGUACIL
¡Alto allá!
¿Don Juan Tenorio?

DON JUAN
Yo soy.

ALGUACIL
Sed preso.

DON JUAN
¡Soñando estoy!
¿Por qué?

ALGUACIL
Después lo verá.

DON LUIS *(Acercándose a DON JUAN y riéndose.)*
Tenorio, no lo extrañéis,
pues mirando a lo apostado,
mi paje os ha delatado
para que vos no ganéis.

DON JUAN ¡Hola! Pues no os suponía
con tal despejo, ¡pardiez!

DON LUIS Id, pues; que por esta vez,
don Juan, la partida es mía.

DON JUAN Vamos, pues.

(Al salir, les detiene otra ronda que entra en la escena.)

Escena XV

Dichos y una ronda.

ALGUACIL *(Que entra.)*
Ténganse allá.
¿Don Luis Mejía?

DON LUIS Yo soy.

ALGUACIL Sed preso.

DON LUIS ¡Soñando estoy!
¡Yo preso!

DON JUAN *(Soltando la carcajada.)*
¡Ja, ja, ja, ja!
Mejía, no lo extrañéis,
pues mirando a lo apostado,
mi paje os ha delatado
para que no me estorbéis.

DON LUIS — Satisfecho quedaré
aunque ambos muramos.

DON JUAN — Vamos:
conque, señores, quedamos
en que la apuesta está en pie.

(Las rondas se llevan a Don Juan y a Don Luis; muchos los siguen. El Capitán Centellas, Avellaneda y sus amigos quedan en la escena mirándose unos a otros.)

Escena XVI

El Capitán Centellas, Avellaneda y curiosos.

AVELLANEDA — ¡Parece un juego ilusorio!

CENTELLAS — ¡Sin verlo no lo creería!

AVELLANEDA — Pues yo apuesto por Mejía.

CENTELLAS — Y yo pongo por Tenorio.

ACTO II
DESTREZA

Don Juan Tenorio, Don Luis Mejía, Doña Ana de Pantoja, Ciutti, Pascual, Lucía y Brígida.

Tres embozados del servicio de Don Juan.

Exterior de la casa de Doña Ana, vista por una esquina. Las dos paredes que forman el ángulo se prolongan igualmente por ambos lados, dejando ver en la de la derecha una reja, y en la de la izquierda una reja y una puerta.

Escena Primera

Don Luis Mejía, embozado.

DON LUIS

Ya estoy frente de la casa
de doña Ana, y es preciso
que esta noche tenga aviso
de lo que en Sevilla pasa.
No di con persona alguna
por dicha mía… ¡Oh, qué afán!
Por ahora, señor don Juan,
cada cual con su fortuna.
Si honor y vida se juega,
mi destreza y mi valor

por mi vida y por mi honor
jugarán… mas alguien llega.

Escena II

Don Luis, Pascual.

PASCUAL ¡Quién creyera lance tal!
¡Jesús, qué escándalo! ¡Presos!

DON LUIS ¡Qué veo! ¿Es Pascual?

PASCUAL Los sesos
me estrellaría.

DON LUIS ¿Pascual?

PASCUAL ¿Quién me llama tan apriesa?

DON LUIS Yo. Don Luis.

PASCUAL ¡Válame Dios!

DON LUIS ¿Qué te asombra?

PASCUAL Que seáis vos.

DON LUIS Mi suerte, Pascual, es esa.
Que a no ser yo quien me soy
y a no dar contigo ahora,
el honor de mi señora
doña Ana moría hoy.

PASCUAL ¿Qué es lo que decís?

DON LUIS ¿Conoces
a don Juan Tenorio?

PASCUAL Sí.

¿Quién no le conoce aquí?
Mas, según públicas voces,
estabais presos los dos.
¡Vamos, lo que el vulgo miente!

DON LUIS
Ahora acertadamente
habló el vulgo; y juro a Dios
que a no ser porque mi primo,
el tesorero real,
quiso fiarme, Pascual,
pierdo cuanto más estimo.

PASCUAL
¿Pues cómo?

DON LUIS
¿En servirme estás?

PASCUAL
Hasta morir.

DON LUIS
Pues escucha.
Don Juan y yo en una lucha
arriesgada por demás
empeñados nos hallamos;
pero a querer tú ayudarme,
más que la vida salvarme
puedes.

PASCUAL
¿Qué hay que hacer? Sepamos.

DON LUIS
En una insigne locura
dimos tiempo ha; en apostar
cuál de ambos sabría obrar
peor, con mejor ventura.
Ambos nos hemos portado
bizarramente a cual más;
pero él es un Satanás,
y por fin me ha aventajado.
Púsele no sé qué pero,

Dijímonos no sé qué
sobre ello, y el hecho fue
que él, mofándose altanero,
me dijo: «Y si esto no os llena,
pues que os casáis con doña Ana,
os apuesto a que mañana
os la quito yo».

PASCUAL ¡Esa es buena!
¿Tal se ha atrevido a decir?

DON LUIS No es lo malo que lo diga,
Pascual, sino que consiga
lo que intenta.

PASCUAL ¿Conseguir?
En tanto que yo esté aquí,
descuidad, don Luis.

DON LUIS Te juro
que si el lance no aseguro,
no sé qué va a ser de mí.

PASCUAL Por la Virgen del Pilar,
¿le teméis?

DON LUIS No; ¡Dios testigo!
Mas lleva ese hombre consigo
algún diablo familiar.

PASCUAL Dadlo por asegurado.

DON LUIS ¡Oh! Tal es el afán mío
que ni en mí propio me fío
con un hombre tan osado.

PASCUAL Yo os juro, por San Ginés,
que con toda su osadía,

le ha de hacer, por vida mía,
mal tercio un aragonés;
nos veremos.

DON LUIS ¡Ay, Pascual,
que en qué te metes no sabes!

PASCUAL En apreturas más graves
me he visto, y no salí mal.

DON LUIS Estriba en lo perentorio
del plazo, y en ser quien es.

PASCUAL Más que un buen aragonés,
no ha de valer un Tenorio.
Todos esos lenguaraces,
espadachines de oficio,
no son más que frontispicio
y de poca alma capaces.
Para infamar a mujeres
tienen lengua, y tienen manos
para osar a los ancianos
o apalear a mercaderes.
Mas cuando una buena espada
por un buen brazo esgrimida
con la muerte les convida,
todo su valor es nada.
Y sus empresas y bullas
se reducen todas ellas
a hablar mal de las doncellas
y a huir ante las patrullas.

DON LUIS ¡Pascual!

PASCUAL No lo hablo por vos,
que aunque sois un calavera,

tenéis la alma bien entera
y reñís bien, ¡voto a bríos!

DON LUIS
Pues si es en mí tan notorio
el valor, mira, Pascual,
que el valor es proverbial
en la raza de Tenorio.
Y porque conozco bien
de su valor el extremo,
de sus ardides me temo
que en tierra con mi honra den.

PASCUAL
Pues suelto estáis ya, don Luis,
y pues que tanto os acucia
el mal de celos, su astucia
con la astucia prevenís.
¿Qué teméis de él?

DON LUIS
No lo sé;
mas esta noche sospecho
que ha de procurar el hecho
consumar.

PASCUAL
Soñáis.

DON LUIS
¿Por qué?

PASCUAL
¿No está preso?

DON LUIS
Sí que está;
mas también lo estaba yo,
y un hidalgo me fio.

PASCUAL
Mas, ¿quién a él le fiará?

DON LUIS
En fin, solo un medio encuentro
de satisfacerme.

PASCUAL
¿Cuál?

DON LUIS — Que de esta casa, Pascual,
quede yo esta noche dentro.

PASCUAL — Mirad que así de doña Ana
tenéis el honor vendido.

DON LUIS — ¡Qué mil rayos! ¿Su marido
no voy a ser yo mañana?

PASCUAL — Mas, señor, ¿no os digo yo
que os fío con la existencia?

DON LUIS — Sí; salir de una pendencia,
mas de un ardid diestro, no.
Y en fin, o paso en la casa la noche,
o tomo la calle aunque la justicia me halle.

PASCUAL — Señor don Luis, eso pasa
de terquedad, y es capricho
que dejar os aconsejo,
y os irá bien.

DON LUIS — No lo dejo,
Pascual.

PASCUAL — ¡Don Luis!

DON LUIS — Está dicho.

PASCUAL — ¡Vive Dios! ¿Hay tal afán?

DON LUIS — Tú dirás lo que quisieres,
mas yo fío en las mujeres
mucho menos que en don Juan.
Y pues lance es extremado
por dos locos emprendido,
bien será un loco atrevido
para un loco desalmado.

PASCUAL Mirad bien lo que decís,
porque yo sirvo a doña Ana
desde que nació, y mañana
seréis su esposo, don Luis.

DON LUIS Pascual, esa hora llegada
y ese derecho adquirido,
yo sabré ser su marido
y la haré ser bien casada.
Mas en tanto…

PASCUAL No habléis más.
Yo os conozco desde niños,
y sé lo que son cariños,
¡por vida de Barrabás!
Oíd: mi cuarto es sobrado
para los dos; dentro de él
quedad; mas palabra fiel
dadme de estaros callado.

DON LUIS Te la doy.

PASCUAL Y hasta mañana,
juntos con doble cautela
nos quedaremos en vela.

DON LUIS Y se salvará doña Ana.

PASCUAL Sea.

DON LUIS Pues vamos.

PASCUAL Teneos.
¿Qué vais a hacer?

DON LUIS A entrar.

PASCUAL ¿Ya?

DON LUIS ¿Quién sabe lo que él hará?

PASCUAL Vuestros celosos deseos
reprimid, que ser no puede
mientras que no se recoja
mi amo don Gil de Pantoja
y todo en silencio quede.

DON LUIS ¡Voto a…!

PASCUAL ¡Eh! Dad una vez
breves treguas al amor.

DON LUIS ¿Y a qué hora ese buen señor
suele acostarse?

PASCUAL A las diez;
y en esa calleja estrecha
hay una reja; llamad
a las diez, y descuidad
mientras en mí.

DON LUIS Es cosa hecha.

PASCUAL Don Luis, hasta luego, pues.

DON LUIS Adiós, Pascual, hasta luego.

Escena III

Don Luis, solo.

DON LUIS Jamás tal desasosiego
tuve. Paréceme que es
esta noche hora menguada
para mí… y no sé qué vago

presentimiento, qué estrago
teme mi alma acongojada.
Por Dios que nunca pensé
que a doña Ana amara así,
ni por ninguna sentí
lo que por ella... ¡Oh! Y a fe
que de don Juan me amedrenta,
no el valor, mas la ventura.
Parece que le asegura
Satanás en cuanto intenta.
No, no; es un hombre infernal,
y téngome para mí
que si me aparto de aquí
me burla, pese a Pascual.
Y, aunque me tenga por necio,
quiero entrar; que con don Juan
las precauciones no están
para vistas con desprecio.
(Llama a la ventana.)

Escena IV

Don Luis y Doña Ana.

DOÑA ANA ¿Quién va?

DON LUIS ¿No es Pascual?

DOÑA ANA ¡Don Luis!

DON LUIS ¡Doña Ana!

DOÑA ANA ¿Por la ventana
llamas ahora?

DON LUIS ¡Ay, doña Ana,
cuán a buen tiempo salís!

DOÑA ANA ¿Pues qué hay, Mejía?

DON LUIS Un empeño
por tu beldad con un hombre
que temo.

DOÑA ANA ¿Y qué hay que te asombre
en él, cuando eres tú el dueño
de mi corazón?

DON LUIS Doña Ana,
no lo puedes comprender
de ese hombre sin conocer
nombre y suerte.

DOÑA ANA Será vana
su buena suerte conmigo;
ya ves, solo horas nos faltan
para la boda, y te asaltan
vanos temores.

DON LUIS Testigo
me es Dios que nada por mí
me da pavor mientras tenga
espada, y ese hombre venga
cara a cara contra ti.
Mas como el león audaz,
y cauteloso y prudente
como la astuta serpiente...

DOÑA ANA ¡Bah! Duerme, don Luis, en paz,
que su audacia y su prudencia
nada lograrán de mí,

que tengo cifrada en ti
la gloria de mi existencia.

DON LUIS — Pues bien, Ana, de ese amor
que me aseguras en nombre,
para no temer a ese hombre,
voy a pedirte un favor.

DOÑA ANA — Di; mas bajo, por si escucha
tal vez alguno.

DON LUIS — Oye, pues.

Escena V

Doña Ana y Don Luis, a la reja derecha; Don Juan y Ciutti, en la calle izquierda.

CIUTTI — Señor, por mi vida que es
vuestra suerte buena y mucha.

DON JUAN — Ciutti, nadie como yo;
ya viste cuán fácilmente
el buen Alcaide prudente
se avino, y suelta me dio.
Mas no hay ya en ello que hablar;
¿mis encargos has cumplido?

CIUTTI — Todos los he concluido
mejor que pude esperar.

DON JUAN — ¿La beata…?

CIUTTI — Esta es la llave
de la puerta del jardín,

que habrá que escalar al fin;
pues como usarced ya sabe,
las tapias de este convento
no tienen entrada alguna.

DON JUAN ¿Y te dio carta?

CIUTTI Ninguna;
me dijo que aquí al momento
iba a salir de camino;
que al convento se volvía,
y que con vos hablaría.

DON JUAN Mejor es.

CIUTTI Lo mismo opino.

DON JUAN ¿Y los caballos?

CIUTTI Con silla
y freno los tengo ya.

DON JUAN ¿Y la gente?

CIUTTI Cerca está.

DON JUAN Bien, Ciutti; mientras Sevilla
tranquila en sueño reposa
creyéndome encarcelado,
otros dos nombres añado
a mi lista numerosa.
¡Ja, ja!

CIUTTI Señor.

DON JUAN ¿Qué?

CIUTTI Callad.

DON JUAN ¿Qué hay, Ciutti?

CIUTTI — Al doblar la esquina
en esa reja vecina
he visto un hombre.

DON JUAN — Es verdad;
pues ahora sí que es mejor
el lance; ¿y si es ese…?

CIUTTI — ¿Quién?

DON JUAN — Don Luis.

CIUTTI — Imposible.

DON JUAN — ¡Toma!
¿No estoy yo aquí?

CIUTTI — Diferencia
va de él a vos.

DON JUAN — Evidencia
lo creo, Ciutti; allí asoma
tras de la reja una dama.

CIUTTI — Una criada tal vez.

DON JUAN — Preciso es verlo, pardiez,
no perdamos lance y fama.
Mira, Ciutti; a fuer de ronda,
tú con varios de los míos,
por esa calle escurríos
dando vuelta a la redonda
a la casa.

CIUTTI — Y en tal caso
cerrará ella.

DON JUAN — Pues con eso,
ella ignorante y él preso,
nos dejará franco el paso.

CIUTTI Decís bien.

DON JUAN Corre, y atájale,
que en ello el vencer consiste.

CIUTTI ¿Mas si el truhán se resiste?

DON JUAN Entonces de un tajo rájale.

Escena VI

Don Juan, Doña Ana y Don Luis.

DON LUIS ¿Me das, pues, tu asentimiento?

DOÑA ANA Consiento.

DON LUIS ¿Complácesme de ese modo?

DOÑA ANA En todo.

DON LUIS Pues te velaré hasta el día.

DOÑA ANA Sí, Mejía.

DON LUIS Páguete el cielo, Ana mía,
satisfacción tan entera.

DOÑA ANA Porque me juzgues sincera,
consiento en todo, Mejía.

DON LUIS Volveré, pues, otra vez.

DOÑA ANA Sí, a las diez.

DON LUIS ¿Me aguardarás, Ana?

DOÑA ANA Sí.

DON LUIS Aquí.

DOÑA ANA Y tú estarás puntual, ¿eh?

DON LUIS Estaré.

DOÑA ANA La llave, pues, te daré.

DON LUIS Y dentro yo de tu casa,
venga Tenorio.

DOÑA ANA Alguien pasa.
A las diez.

DON LUIS *Aquí estaré.*

Escena VII

Don Juan y Don Luis.

DON LUIS Mas se acercan. ¿Quién va allá?

DON JUAN Quien va.

DON LUIS De quien va así, ¿qué se infiere?

DON JUAN Que quiere…

DON LUIS ¿Ver si la lengua le arranco?

DON JUAN El paso franco.

DON LUIS Guardado está.

DON JUAN ¿Y yo soy manco?

DON LUIS Pidiéraislo en cortesía.

DON JUAN ¿Y a quién?

DON LUIS A don Luis Mejía.

DON JUAN *Quien va, quiere el paso franco.*

DON LUIS ¿Conocéisme?

DON JUAN Sí.

DON LUIS ¿Y yo a vos?

DON JUAN Los dos.

DON LUIS ¿Y en qué estriba el estorballe?

DON JUAN En la calle.

DON LUIS ¿De ella los dos por ser amos?

DON JUAN Estamos.

DON LUIS Dos hay no más que podamos
necesitarla a la vez.

DON JUAN Lo sé.

DON LUIS ¡Sois don Juan!

DON JUAN ¡Pardiez!
Los dos ya en la calle estamos.

DON LUIS ¿No os prendieron?

DON JUAN Como a vos.

DON LUIS ¡Vive Dios!
¿Y huisteis?

DON JUAN Os imité.
¿Y qué?

DON LUIS Que perderéis.

DON JUAN No sabemos.

DON LUIS Lo veremos.

DON JUAN La dama entrambos tenemos

sitiada; y estáis cogido.

DON LUIS — Tiempo hay.

DON JUAN — Para vos perdido.

DON LUIS — ¡Vive Dios que lo veremos!

(Don Luis desenvaina su espada; mas Ciutti, que ha bajado con los suyos cautelosamente hasta colocarse detrás de él, lo sujeta.)

DON JUAN — Señor don Luis, vedlo, pues.

DON LUIS — Traición es.

DON JUAN — La boca...
(A los suyos que le tapan la boca a Don Luis.)

DON LUIS — ¡Oh!

DON JUAN — Sujeto atrás,
más.
(Le sujetan los brazos.)
La empresa es, señor Mejía,
como mía.
(A los suyos.)
Encerrádmele hasta el día.
(A Don Luis.)
La apuesta está ya en mi mano.
Adiós, don Luis; si os la gano,
traición es, mas como mía.

Escena VIII

Don Juan, solo.

DON JUAN — Buen lance, ¡viven los cielos!

¡Estos son los que dan fama!
Mientras le soplo la dama,
él se arrancará los pelos
encerrado en mi bodega.
¿Y ella...? Cuando crea hallarse
con él... ¡ja! ¡ja!... ¡Oh! y quejarse
no puede; limpio se juega.
A la cárcel le llevé,
y salió; llevome a mí,
y salí; hallarnos aquí
era fuerza... ya se ve,
su parte en la grave apuesta
defendía cada cual.
Mas con la suerte está mal
Mejía, y también pierde esta.
Sin embargo, y por si acaso,
no es demás asegurarse
de Lucía, a desgraciarse
no vaya por poco el paso.
Mas por allí un bulto negro
se aproxima... y, a mi ver,
es el bulto una mujer.
¿Otra aventura? Me alegro.

Escena IX

Don Juan y Brígida.

BRÍGIDA ¿Caballero?

DON JUAN ¿Quién va allá?

BRÍGIDA ¿Sois don Juan?

DON JUAN ¡Por vida de...!
¡Si es la beata! Y a fe
que la había olvidado ya.
Llegaos; don Juan soy yo.

BRÍGIDA ¿Estáis solo?

DON JUAN Con el diablo.

BRÍGIDA ¡Jesucristo!

DON JUAN Por vos lo hablo.

BRÍGIDA ¿Soy yo el diablo?

DON JUAN Creoló.

BRÍGIDA ¡Vaya! ¡Qué cosas tenéis!
Vos sí que sois un diablillo...

DON JUAN Que te llenará el bolsillo
si le sirves.

BRÍGIDA Lo veréis.

DON JUAN Descarga, pues, ese pecho.
¿Qué hiciste?

BRÍGIDA Cuanto me ha dicho
vuestro paje... ¡Y qué mal bicho
es ese Ciutti!

DON JUAN ¿Qué ha hecho?

BRÍGIDA ¡Gran bribón!

DON JUAN ¿No os ha entregado
un bolsillo y un papel?

BRÍGIDA Leyendo estará ahora en él
doña Inés.

DON JUAN ¿La has preparado?

BRÍGIDA ¡Vaya! Y os la he convencido
con tal maña y de manera,
que irá como una cordera
tras vos.

DON JUAN ¿Tan fácil te ha sido?

BRÍGIDA ¡Bah! Pobre garza enjaulada,
dentro la jaula nacida,
¿qué sabe ella si hay más vida
ni más aire en que volar?
Si no vio nunca sus plumas
del sol a los resplandores,
¿qué sabe de los colores
de que se puede ufanar?
No cuenta la pobrecilla
diez y siete primaveras,
y aún virgen a las primeras
impresiones del amor,
nunca concibió la dicha
fuera de su pobre estancia,
tratada desde la infancia
con cauteloso rigor.
Y tantos años monótonos
de soledad y convento
tenían su pensamiento
ceñido a punto tan ruin,
a tan reducido espacio
y a círculo tan mezquino,
que era el claustro su destino
y el altar era su fin.
«Aquí está Dios», la dijeron;

y ella dijo: «Aquí le adoro».
«Aquí está el claustro y el coro».
Y pensó: «No hay más allá».
Y sin otras ilusiones
que sus sueños infantiles,
pasó diez y siete abriles
sin conocerlo quizá.

DON JUAN ¿Y está hermosa?

BRÍGIDA ¡Oh! como un ángel.

DON JUAN Y la has dicho…

BRÍGIDA Figuraos
si habré metido mal caos
en su cabeza, don Juan.
La hablé del amor, del mundo,
de la corte y los placeres,
de cuánto con las mujeres
erais pródigo y galán.
La dije que erais el hombre
por su padre destinado
para suyo; os he pintado
muerto por ella de amor,
desesperado por ella,
y por ella perseguido,
y por ella decidido
a perder vida y honor.
En fin, mis dulces palabras
al posarse en sus oídos,
sus deseos mal dormidos
arrastraron de sí en pos;
y allá dentro de su pecho
han inflamado una llama

de fuerza tal, que ya os ama
y no piensa más que en vos.

DON JUAN

Tan incentiva pintura
los sentidos me enajena,
y el alma ardiente me llena
de su insensata pasión.
Empezó por una apuesta,
siguió por un devaneo,
engendró luego un deseo,
y hoy me quema el corazón.
Poco es el centro de un claustro;
¡al mismo infierno bajara,
y a estocadas la arrancara
de los brazos de Satán!
¡Oh, hermosa flor cuyo cáliz
al rocío aún no se ha abierto!
A trasplantarte va al huerto
de sus amores don Juan.
¡Brígida!

BRÍGIDA

Os estoy oyendo,
y me hacéis perder el tino;
yo os creía un libertino
sin alma y sin corazón.

DON JUAN

¿Eso extrañas? ¿No está claro
que en un objeto tan noble
hay que interesarse doble
que en otros?

BRÍGIDA

Tenéis razón.

DON JUAN

Conque ¿a qué hora se recogen
las madres?

BRÍGIDA
Ya recogidas
estarán. ¿Vos prevenidas
todas las cosas tenéis?

DON JUAN
Todas.

BRÍGIDA
Pues luego que doblen
a las ánimas, con tiento
saltando al huerto, al convento
fácilmente entrar podéis
con la llave que os he enviado;
de un claustro obscuro y estrecho
es, seguid bien derecho,
y daréis con poco afán
en nuestra celda.

DON JUAN
Y si acierto
a robar tan gran tesoro,
te he de hacer pesar en oro.

BRÍGIDA
Por mí no queda, don Juan.

DON JUAN
Ve y aguárdame.

BRÍGIDA
Voy, pues,
a entrar por la portería,
y a cegar a sor María
la tornera. Hasta después.

(Vase Brígida, y un poco antes de concluir esta escena, sale Ciutti, que se para en el fondo esperando.)

Escena X

Don Juan y Ciutti.

DON JUAN
¡Pues señor, soberbio envite!
Muchas hice hasta esta hora,
mas, por Dios, que la de ahora
será tal que me acredite.
Mas ya veo que me espera
Ciutti. ¡Lebrel!
(*Llamándole.*)

CIUTTI
Aquí estoy.

DON JUAN
¿Y don Luis?

CIUTTI
Libre por hoy
estáis de él.

DON JUAN
Ahora quisiera
ver a Lucía.

CIUTTI
Llegar
podéis aquí.
(A la reja derecha.)
Yo la llamo,
y al salir a mi reclamo
la podéis vos abordar.

DON JUAN
Llama, pues.

CIUTTI
La seña mía
sabe bien para que dude
en acudir.

DON JUAN
Pues si acude,
lo demás es cuenta mía.

(Ciutti llama a la reja con una seña que parezca convenida. Lucía se asoma a ella, y al ver a Don Juan se detiene un momento.)

Escena XI

Don Juan, Lucía y Ciutti.

LUCÍA ¿Qué queréis, buen caballero?
DON JUAN Quiero.
LUCÍA ¿Qué queréis? Vamos a ver.
DON JUAN Ver.
LUCÍA ¿Ver? ¿Qué veréis a esta hora?
DON JUAN A tu señora.
LUCÍA Idos, hidalgo, en mal hora:
¿quién pensáis que vive aquí?
DON JUAN Doña Ana Pantoja, y
quiero ver a tu señora.
LUCÍA ¿Sabéis que casa doña Ana?
DON JUAN Sí, mañana.
LUCÍA ¿Y ha de ser tan infiel ya?
DON JUAN Sí será.
LUCÍA ¿Pues no es de don Luis Mejía?
DON JUAN ¡Ca! otro día.
Hoy no es mañana, Lucía;
yo he de estar hoy con doña Ana,
y si se casa mañana,
mañana será otro día.

LUCÍA ¡Ah! ¿En recibiros está?
DON JUAN Podrá.
LUCÍA ¿Qué haré si os he de servir?
DON JUAN Abrir.
LUCÍA ¡Bah! ¿Y quién abre este castillo?
DON JUAN Ese bolsillo.
LUCÍA ¡Oro!
DON JUAN Pronto te dio el brillo.
LUCÍA ¿Cuánto?
DON JUAN De cien doblas pasa.
LUCÍA ¡Jesús!
DON JUAN Cuenta, y di: ¿esta casa
podrá abrir ese bolsillo?
LUCÍA ¡Oh! Si es quien me dora el pico…
DON JUAN Muy rico.
(Interrumpiéndola.)
LUCÍA ¿Sí? ¿Qué nombre usa el galán?
DON JUAN Don Juan.
LUCÍA ¿Sin apellido notorio?
DON JUAN Tenorio.
LUCÍA ¡Ánimas del purgatorio!
¿Vos don Juan?
DON JUAN ¿Qué te amedrenta,
si a tus ojos se presenta
muy rico don Juan Tenorio?

LUCÍA — Rechina la cerradura.
DON JUAN — Se asegura.
LUCÍA — ¿Y a mí quién? ¡Por Belcebú!
DON JUAN — Tú.
LUCÍA — ¿Y qué me abrirá el camino?
DON JUAN — Buen tino.
LUCÍA — ¡Bah! Id en brazos del destino…
DON JUAN — Dobla el oro.
LUCÍA — Me acomodo.
DON JUAN — Pues mira cómo de todo
se asegura tu buen tino.
LUCÍA — ¡Dadme algún tiempo, pardiez!
DON JUAN — A las diez.
LUCÍA — ¿Dónde os busco, o vos a mí?
DON JUAN — Aquí.
LUCÍA — ¿Conque estaréis puntual, eh?
DON JUAN — Estaré.
LUCÍA — Pues yo una llave os traeré.
DON JUAN — Y yo otra igual cantidad.
LUCÍA — No me faltéis.
DON JUAN — No en verdad;
a las diez aquí estaré.
Adiós, pues, y en mí te fía.
LUCÍA — Y en mí el garboso galán.

DON JUAN — Adiós, pues, franca Lucía.

LUCÍA — Adiós, pues, rico don Juan.

(Lucía cierra la ventana. Ciutti se acerca a Don Juan a una seña de este.)

Escena XII

Don Juan y Ciutti.

DON JUAN — *(Riéndose.)*

Con oro nada hay que falle;
Ciutti, ya sabes mi intento:
a las nueve, en el convento;
a las diez, en esta calle.

ACTO III
PROFANACIÓN

Don Juan , Doña Inés, Don Gonzalo , Brígida, la Abadesa, la Tornera.

Celda de Doña Inés. Puerta en el fondo y a la izquierda.

Escena Primera

Doña Inés y la Abadesa.

ABADESA ¿Conque me habéis entendido?

DOÑA INÉS Sí, señora.

ABADESA Está muy bien;
la voluntad decisiva
de vuestro padre, tal es.
Sois joven, cándida y buena;
vivido en el claustro habéis
casi desde que nacisteis;
y para quedar en él
atada con santos votos
para siempre, ni aún tenéis,
como otras, pruebas difíciles
ni penitencias que hacer.
Dichosa mil veces vos;

dichosa, sí, doña Inés,
que no conociendo el mundo,
no le debéis de temer.
Dichosa vos, que del claustro
al pisar en el dintel,
no os volveréis a mirar
lo que tras vos dejaréis;
y los mundanos recuerdos
del bullicio y del placer,
no os turbarán, tentadores,
del ara santa a los pies;
pues ignorando lo que hay
tras esa santa pared,
lo que tras ella se queda,
jamás apeteceréis.
Mansa paloma, enseñada
en las palmas a comer
del dueño que la ha criado
en doméstico vergel,
no habiendo salido nunca
de la protectora red,
no ansiaréis nunca las alas
por el espacio tender.
Lirio gentil, cuyo tallo
mecieron solo tal vez
las embalsamadas brisas
del más florecido mes,
aquí a los besos del aura
vuestro cáliz abriréis,
y aquí vendrán vuestras hojas
tranquilamente a caer.
Y en el pedazo de tierra

que abarca nuestra estrechez
y en el pedazo de cielo
que por las rejas se ve,
vos no veréis más que un lecho
do en dulce sueño yacer,
y un velo azul suspendido
a las puertas del Edén…
¡Ay! En verdad que os envidio,
venturosa doña Inés,
con vuestra inocente vida,
la virtud del no saber.
Mas, ¿por qué estáis cabizbaja?
¿Por qué no me respondéis
como otras veces, alegre,
cuando en lo mismo os hablé?
¿Suspiráis…? ¡Oh!, ya comprendo;
de vuelta aquí hasta no ver
a vuestra aya, estáis inquieta,
pero nada receléis.
A casa de vuestro padre
fue casi al anochecer,
y abajo en la portería
estará; yo os la enviaré,
que estoy de vela esta noche.
Conque, vamos, doña Inés,
recogeos, que ya es hora;
Mal ejemplo no me deis
a las novicias, que ha tiempo
que duermen ya; hasta después.

DOÑA INÉS Id con Dios, madre abadesa.

ABADESA Adiós, hija.

Escena II

Doña Inés, sola.

DOÑA INÉS

[Ya se fue.]
No sé qué tengo, ¡ay de mí!,
que en tumultuoso tropel
mil encontradas ideas
me combaten a la vez.
Otras noches complacida
sus palabras escuché,
y de esos cuadros tranquilos
que sabe pintar tan bien,
de esos placeres domésticos
la dichosa sencillez
y la calma venturosa,
me hicieron apetecer
la soledad de los claustros
y su santa rigidez.
Mas hoy la oí distraída,
y en sus pláticas hallé,
si no enojosos discursos,
a lo menos aridez.
Y no sé por qué al decirme
que podría acontecer
que se acelerase el día
de mi profesión, temblé,
y sentí del corazón
acelerarse el vaivén,
y teñírseme el semblante
de amarilla palidez.
¡Ay de mí…! Pero mi dueña,
¿dónde estará…? Esa mujer,
con sus pláticas, al cabo,

me entretiene alguna vez.
Y hoy la echo menos…
Acaso porque la voy a perder,
que en profesando,
es preciso renunciar a cuanto amé.
Mas pasos siento en el claustro;
¡oh! reconozco muy bien
sus pisadas… Ya está aquí.

Escena III

Doña Inés y Brígida.

BRÍGIDA Buenas noches, doña Inés.

DOÑA INÉS ¿Cómo habéis tardado tanto?

BRÍGIDA Voy a cerrar esta puerta.

DOÑA INÉS Hay orden de que esté abierta.

BRÍGIDA Eso es muy bueno y muy santo
para las otras novicias
que han de consagrarse a Dios:
no, doña Inés, para vos.

DOÑA INÉS Brígida, no ves que vicias
las reglas del monasterio,
que no permiten…

BRÍGIDA ¡Bah! ¡bah!
Más seguro así se está,
y así se habla sin misterio
ni estorbos: ¿habéis mirado
el libro que os he traído?

DOÑA INÉS ¡Ay!, se me había olvidado.

BRÍGIDA ¡Pues me hace gracia el olvido!

DOÑA INÉS ¡Como la madre abadesa
se entró aquí inmediatamente!

BRÍGIDA ¡Vieja más impertinente!

DOÑA INÉS ¿Pues tanto el libro interesa?

BRÍGIDA Vaya si interesa, mucho.
¡Pues quedó con poco afán
el infeliz!

DOÑA INÉS ¿Quién?

BRÍGIDA Don Juan.

DOÑA INÉS ¡Válgame el cielo! ¡Qué escucho!
¿Es don Juan quien me le envía?

BRÍGIDA Por supuesto.

DOÑA INÉS ¡Oh! Yo no debo
tomarle.

BRÍGIDA ¡Pobre mancebo!
Desairarle así, sería
matarle.

DOÑA INÉS ¿Qué estás diciendo?

BRÍGIDA Si ese Horario no tomáis,
tal pesadumbre le dais,
que va a enfermar, lo estoy viendo.

DOÑA INÉS ¡Ah! No, no; de esa manera
le tomaré.

BRÍGIDA Bien haréis.

DOÑA INÉS ¡Y qué bonito es!

BRÍGIDA Ya veis:
quien quiere agradar, se esmera.

DOÑA INÉS Con sus manecillas de oro.
¡Y cuidado, que está prieto!
A ver, a ver si completo
contiene el rezo del coro.
(Le abre y cae una carta de entre sus hojas.)
Mas ¿qué cayó?

BRÍGIDA Un papelito.

DOÑA INÉS ¡Una carta!

BRÍGIDA Claro está;
en esa carta os vendrá
ofreciendo el regalito.

DOÑA INÉS ¡Qué! ¿Será suyo el papel?

BRÍGIDA ¡Vaya, que sois inocente!
Pues que os feria, es consiguiente
que la carta será de él.

DOÑA INÉS ¡Ay, Jesús!

BRÍGIDA ¿Qué es lo que os da?

DOÑA INÉS Nada, Brígida, no es nada.

BRÍGIDA No, no; si estáis inmutada.
(Aparte.)
Ya presa en la red está.
¿Se os pasa?

DOÑA INÉS Sí.

BRÍGIDA Eso habrá sido
cualquier mareíllo vano.

DOÑA INÉS ¡Ay! Se me abrasa la mano
con que el papel he cogido.

BRÍGIDA Doña Inés, válgame Dios,
jamás os he visto así;
estáis trémula.

DOÑA INÉS ¡Ay de mí!

BRÍGIDA ¿Qué es lo que pasa por vos?

DOÑA INÉS No sé... El campo de mi mente
siento que cruzan perdidas
mil sombras desconocidas,
que me inquietan vagamente;
y ha tiempo al alma me dan
con su agitación tortura.

BRÍGIDA ¿Tiene alguna, por ventura,
el semblante de don Juan?

DOÑA INÉS No sé; desde que le vi,
Brígida mía, y su nombre
me dijiste, tengo a ese hombre
siempre delante de mí.
Por doquiera me distraigo
con su agradable recuerdo,
y si un instante le pierdo,
en su recuerdo recaigo.
No sé qué fascinación
en mis sentidos ejerce,
que siempre hacia él se me tuerce
la mente y el corazón;
y aquí, y en el oratorio,

y en todas partes advierto
que el pensamiento divierto
con la imagen de Tenorio.

BRÍGIDA ¡Válgame Dios! Doña Inés,
según lo vais explicando,
tentaciones me van dando
de creer que eso amor es.

DOÑA INÉS ¿Amor has dicho?

BRÍGIDA Sí, amor.

DOÑA INÉS No, de ninguna manera.

BRÍGIDA Pues por amor lo entendiera
el menos entendedor;
mas vamos la carta a ver:
¿En qué os paráis? ¿Un suspiro?

DOÑA INÉS ¡Ay! Que cuanto más la miro
menos me atrevo a leer.
(Lee.)
«Doña Inés del alma mía».
Virgen santa, ¡qué principio!

BRÍGIDA Vendrá en verso,
y será un ripio que traerá la poesía.
Vamos, seguid adelante.

DOÑA INÉS *(Lee.)*
«Luz de donde el sol la toma,
hermosísima paloma
privada de libertad,
si os dignáis por estas letras
pasar vuestros lindos ojos,
no los tornéis con enojos
sin concluir, acabad».

BRÍGIDA ¡Qué humildad y qué finura!
¿Dónde hay mayor rendimiento?

DOÑA INÉS Brígida, no sé qué siento.

BRÍGIDA Seguid, seguid la lectura.

DOÑA INÉS *(Lee.)*
«Nuestros padres de consuno
nuestras bodas acordaron,
porque los cielos juntaron
los destinos de los dos.
Y halagado desde entonces
con tan risueña esperanza,
mi alma, doña Inés, no alcanza
otro porvenir que vos.
De amor con ella en mi pecho
brotó una chispa ligera,
que han convertido en hoguera
tiempo y afición tenaz.
Y esta llama, que en mí mismo
se alimenta, inextinguible,
cada día más terrible
va creciendo y más voraz».

BRÍGIDA Es claro; esperar le hicieron
en vuestro amor algún día,
y hondas raíces tenía
cuando a arrancársele fueron.
Seguid.

DOÑA INÉS *(Lee.)*
«En vano a apagarla
concurren tiempo y ausencia,
que doblando su violencia,

no hoguera ya, volcán es;
y yo, que en medio del cráter
desamparado batallo,
suspendido en él me hallo
entre mi tumba y mi Inés».

BRÍGIDA ¿Lo veis, Inés? Si ese Horario
le despreciáis, al instante
le preparan el sudario.

DOÑA INÉS Yo desfallezco.

BRÍGIDA Adelante.

DOÑA INÉS *(Lee.)*
«Inés, alma de mi alma,
perpetuo imán de mi vida,
perla sin concha escondida
entre las algas del mar;
garza que nunca del nido
tender osastes el vuelo
al diáfano azul del cielo
para aprender a cruzar,
si es que a través de esos muros
el mundo apenada miras,
y por el mundo suspiras,
de libertad con afán,
acuérdate que al pie mismo
de esos muros que te guardan,
para salvarte te aguardan
los brazos de tu don Juan».
(Representa.)
¿Qué es lo que me pasa, ¡cielo!,
que me estoy viendo morir?

BRÍGIDA *(Aparte.)*
Ya tragó todo el anzuelo.
Vamos, que está al concluir.

DOÑA INÉS *(Lee.)*
«Acuérdate de quien llora
al pie de tu celosía,
y allí le sorprende el día
y le halla la noche allí;
acuérdate de quien vive
solo por ti, ¡vida mía!,
y que a tus pies volaría
si le llamaras a ti».

BRÍGIDA ¿Lo veis? Vendría.

DOÑA INÉS ¡Vendría!

BRÍGIDA A postrarse a vuestros pies.

DOÑA INÉS ¿Puede?

BRÍGIDA ¡Oh, sí!

DOÑA INÉS ¡Virgen María!

BRÍGIDA Pero acabad, doña Inés.

DOÑA INÉS *(Lee.)*
«Adiós, oh luz de mis ojos;
adiós, Inés de mi alma;
medita, por Dios, en calma
las palabras que aquí van;
y si odias esa clausura
que ser tu sepulcro debe,
manda, que a todo se atreve
por tu hermosura don Juan».

(Representa Doña Inés.)

¡Ay! ¿Qué filtro envenenado
me dan en este papel,
que el corazón desgarrado
me estoy sintiendo con él?
¿Qué sentimientos dormidos
son los que revela en mí;
qué impulsos jamás sentidos,
qué luz, que hasta hoy nunca vi?
¿Qué es lo que engendra en mi alma
tan nuevo y profundo afán?
¿Quién roba la dulce calma
de mi corazón?

BRÍGIDA — Don Juan.

DOÑA INÉS — ¡Don Juan dices…! ¿Conque ese hombre
me ha de seguir por doquier?
¿Solo he de escuchar su nombre,
solo su sombra he de ver?
¡Ah! Bien dice: juntó el cielo
los destinos de los dos,
y en mi alma engendró este anhelo
fatal.

BRÍGIDA — ¡Silencio, por Dios!

(Se oyen dar las ánimas.)

DOÑA INÉS — ¿Qué?

BRÍGIDA — Silencio.

DOÑA INÉS — Me estremezco.

BRÍGIDA — ¿Oís, doña Inés, tocar?

DOÑA INÉS	Sí; lo mismo que otras veces,
las ánimas oigo dar.

BRÍGIDA	Pues no habléis de él.

DOÑA INÉS	¡Cielo santo!
¿De quién?

BRÍGIDA	¿De quién ha de ser?
De ese don Juan que amáis tanto,
porque puede aparecer.

DOÑA INÉS	¡Me amedrentas! ¿Puede ese hombre
llegar hasta aquí?

BRÍGIDA	Quizá,
porque el eco de su nombre
tal vez llega adonde está.

DOÑA INÉS	¡Cielos! ¿Y podrá...?

BRÍGIDA	¡Quién sabe!

DOÑA INÉS	¿Es un espíritu, pues?

BRÍGIDA	No; mas si tiene una llave...

DOÑA INÉS	¡Dios!

BRÍGIDA	Silencio, doña Inés;
¿no oís pasos?

DOÑA INÉS	¡Ay! Ahora
nada oigo.

BRÍGIDA	Las nueve dan,
suben... se acercan... señora...
Ya está aquí.

DOÑA INÉS	¿Quién?

BRÍGIDA Él.

DOÑA INÉS ¡Don Juan!

Escena IV

Doña Inés, Don Juan y Brígida.

DOÑA INÉS ¿Qué es esto? ¿Sueño... deliro?

DON JUAN ¡Inés de mi corazón!

DOÑA INÉS ¿Es realidad lo que miro,
o es una fascinación...?
Tenedme, apenas respiro...
Sombra... ¡huye por compasión!
¡Ay de mí...!

(Desmáyase Doña Inés, y Don Juan la sostiene. La carta de Don Juan queda en el suelo abandonada por Doña Inés al desmayarse.)

BRÍGIDA La ha fascinado
vuestra repentina entrada,
y el pavor la ha trastornado.

DON JUAN Mejor, así nos ha ahorrado
la mitad de la jornada.
¡Ea! No desperdiciemos
el tiempo aquí en contemplarla,
si perdernos no queremos.
En los brazos a tomarla
voy, y cuanto antes, ganemos
ese claustro solitario.

BRÍGIDA ¡Oh! ¿Vais a sacarla así?

DON JUAN ¿Necia, piensas que rompí
la clausura temerario,
para dejármela aquí?
Mi gente abajo me espera;
sígueme.

BRÍGIDA ¡Sin alma estoy!
¡Ay! Este hombre es una fiera;
nada le ataja ni altera...
Sí, sí; a su sombra me voy.

Escena V

La Abadesa, sola.

ABADESA Jurara que había oído
por estos claustros andar;
hoy a doña Inés velar
algo más la he permitido,
y me temo... mas no están aquí.
¿Qué pudo ocurrir
a las dos para salir
de la celda? ¿Dónde irán?
¡Hola! Yo las ataré
corto para que no vuelvan
a enredar y me revuelvan
a las novicias... sí a fe.
Mas siento por allá fuera
pasos. ¿Quién es?

Escena VI

La Abadesa y la Tornera.

TORNERA — Yo, señora.

ABADESA — ¡Vos en el claustro a esta hora!
¿Qué es esto, hermana Tornera?

TORNERA — Madre Abadesa, os buscaba.

ABADESA — ¿Qué hay? Decid.

TORNERA — Un noble anciano
quiere hablaros.

ABADESA — Es en vano.

TORNERA — Dice que es de Calatrava
caballero; que sus fueros
le autorizan a este paso,
y que la urgencia del caso
le obliga al instante a veros.

ABADESA — ¿Dijo su nombre?

TORNERA — El señor
Don Gonzalo Ulloa.

ABADESA — ¿Qué
puede querer…? Ábrale,
hermana, es Comendador
de la Orden, y derecho
tiene en el claustro de entrada.

Escena VII

La Abadesa y Don Gonzalo, después.

ABADESA

¿A una hora tan avanzada
venir así…? No sospecho
qué pueda ser… mas me place,
pues no hallando a su hija aquí,
la reprenderá, y así
mirará otra vez lo que hace.

Escena VIII

La Abadesa, Don Gonzalo y la Tornera, a la puerta.

DON GONZALO

Perdonad, madre Abadesa,
que en hora tal os moleste;
mas para mí, asunto es este
que honra y vida me interesa.

ABADESA

¡Jesús!

DON GONZALO

Oíd.

ABADESA

Hablad, pues.

DON GONZALO

Yo guardé hasta hoy un tesoro
de más quilates que el oro,
y ese tesoro es mi Inés.

ABADESA

A propósito…

DON GONZALO

Escuchad.
Se me acaba de decir
que han visto a su dueña ir
ha poco por la ciudad

hablando con el criado
de un don Juan, de tal renombre,
que no hay en la tierra otro hombre
tan audaz y tan malvado.
En tiempo atrás se pensó
con él a mi hija casar,
y hoy, que se la fui a negar,
robármela me juró.
Que por el torpe doncel
ganada la dueña está,
no puedo dudarlo ya;
debo, pues, guardarme de él;
y un día, una hora quizás
de imprevisión le bastara
para que mi honor manchara
ese hijo de Satanás.
He aquí mi inquietud cuál es;
por la dueña, en conclusión,
vengo; vos la profesión
abreviad de doña Inés.

ABADESA Sois padre, y es vuestro afán
muy justo, Comendador;
mas ved que ofende a mi honor.

DON GONZALO No sabéis quién es don Juan.

ABADESA Aunque le pintáis tan malo,
yo os puedo decir de mí,
que mientra Inés esté aquí,
segura está, Don Gonzalo.

DON GONZALO Lo creo; mas las razones
abreviemos: entregadme

esa dueña, y perdonadme
mis mundanas opiniones.
Si vos de vuestra virtud
me respondéis, yo me fundo
en que conozco del mundo
la insensata juventud.

ABADESA
Se hará como lo exigís.
Hermana Tornera, id pues
a buscar a doña Inés
y a su dueña.

(Vase la Tornera.)

DON GONZALO
¿Qué decís,
señora? O traición me ha hecho
mi memoria, o yo sé bien
que esta es hora de que estén
ambas a dos en su lecho.

ABADESA
Ha un punto sentí a las dos
salir de aquí, no sé a qué.

DON GONZALO
¡Ay! Por qué tiemblo no sé.
Mas, ¡qué veo, Santo Dios!
Un papel... me lo decía
a voces mi mismo afán.
(Leyendo.)
«Doña Inés del alma mía...»
Y la firma de don Juan.
Ved... ved... esa prueba escrita.
Leed ahí... ¡Oh! Mientras que vos
por ella rogáis a Dios,
viene el diablo y os la quita.

Escena IX

La Abadesa, Don Gonzalo y la Tornera.

TORNERA Señora…

ABADESA ¿Qué?

TORNERA Vengo muerta.

DON GONZALO Concluid.

TORNERA No acierto a hablar…
He visto a un hombre saltar
por las tapias de la huerta.

DON GONZALO ¿Veis? Corramos; ¡ay de mí!

ABADESA ¿Dónde vais, Comendador?

DON GONZALO ¡Imbécil! Tras de mi honor,
que os roban a vos de aquí.

ACTO IV
EL DIABLO A LAS PUERTAS DEL CIELO

Don Juan, Doña Inés, Don Gonzalo, Don Luis,
Ciutti, Brígida, Alguacil 1º y Alguacil 2º

Quinta de Don Juan Tenorio, cerca de Sevilla y sobre el Guadalquivir. Balcón en el fondo. Dos puertas a cada lado.

Escena Primera

Brígida y Ciutti.

BRÍGIDA — ¡Qué noche, válgame Dios!
A poderlo calcular,
no me meto yo a servir
a tan fogoso galán.
¡Ay, Ciutti! Molida estoy;
no me puedo menear.

CIUTTI — Pues, ¿qué os duele?

BRÍGIDA — Todo el cuerpo,
y toda el alma además.

CIUTTI — ¡Ya! No estáis acostumbrada
al caballo, es natural.

BRÍGIDA

Mil veces pensé caer;
¡Uf! ¡Qué mareo! ¡Qué afán!
Veía yo unos tras otros
ante mis ojos pasar
los árboles como en alas
llevados de un huracán,
tan apriesa y produciéndome
ilusión tan infernal,
que perdiera los sentidos
si tardamos en parar.

CIUTTI

Pues de estas cosas veréis,
si en esta casa os quedáis,
lo menos seis por semana.

BRÍGIDA

¡Jesús!

CIUTTI

Y esa niña, ¿está
reposando todavía?

BRÍGIDA

¿Y a qué se ha de despertar?

CIUTTI

Sí; es mejor que abra los ojos
en los brazos de don Juan.

BRÍGIDA

Preciso es que tu amo tenga
algún diablo familiar.

CIUTTI

Yo creo que sea él mismo
un diablo en carne mortal,
porque a lo que él, solamente
se arrojara Satanás.

BRÍGIDA

¡Oh! ¡El lance ha sido extremado!

CIUTTI

Pero al fin logrado está.

BRÍGIDA ¡Salir así de un convento
en medio de una ciudad
como Sevilla!

CIUTTI Es empresa
tan solo para hombre tal;
mas, ¡qué diablos!, si a su lado
la fortuna siempre va,
y encadenado a sus pies
duerme sumiso el azar.

BRÍGIDA Sí; decís bien.

CIUTTI No he visto hombre
de corazón más audaz;
no halla riesgo que le espante,
ni encuentra dificultad
que al empeñarse en vencer,
le haga un punto vacilar.
A todo osado se arroja,
de todo se ve capaz;
ni mira dónde se mete,
ni lo pregunta jamás.
«Allí hay un lance», le dicen;
y él dice: «Allá va don Juan».
Mas ya tarda, ¡vive Dios!

BRÍGIDA Las doce en la catedral
han dado ha tiempo.

CIUTTI Y de vuelta
debía a las doce estar.

BRÍGIDA Pero, ¿por qué no se vino
con nosotros?

CIUTTI Tiene allá
en la ciudad todavía
cuatro cosas que arreglar.

BRÍGIDA ¿Para el viaje?

CIUTTI Por supuesto;
aunque muy fácil será
que esta noche a los infiernos
le hagan a él mismo viajar.

BRÍGIDA ¡Jesús, qué ideas!

CIUTTI ¡Pues digo!
¿Son obras de caridad
en las que nos empleamos,
para mejor esperar?
Aunque seguros estamos
como vuelva por acá.

BRÍGIDA ¿De veras, Ciutti?

CIUTTI Venid
a este balcón, y mirad.
¿Qué veis?

BRÍGIDA Veo un bergantín
que anclado en el río está.

CIUTTI Pues su patrón solo aguarda
las órdenes de don Juan,
y salvos en todo caso
a Italia nos llevará.

BRÍGIDA ¿Cierto?

CIUTTI Y nada receléis
por nuestra seguridad,

que es el barco más velero
que boga sobre la mar.

BRÍGIDA ¡Chist! Ya siento a doña Inés.

CIUTTI Pues yo me voy, que don Juan
encargó que sola vos
debíais con ella hablar.

BRÍGIDA Y encargó bien, que yo entiendo
de esto.

CIUTTI Adiós, pues.

BRÍGIDA Vete en paz.

Escena II

Doña Inés y Brígida.

DOÑA INÉS ¡Dios mío, cuánto he soñado!
¡Loca estoy! ¿Qué hora será?
Pero ¿qué es esto? ¡Ay de mí!
No recuerdo que jamás
haya visto este aposento.
¿Quién me trajo aquí?

BRÍGIDA Don Juan.

DOÑA INÉS Siempre don Juan…
¿Aquí tú también estás,
Brígida?

BRÍGIDA Sí, doña Inés.

DOÑA INÉS Pero dime en caridad,
¿dónde estamos? Este cuarto
¿es del convento?

BRÍGIDA No tal;
aquello era un cuchitril
en donde no había más
que miseria.

DOÑA INÉS Pero, en fin,
¿en dónde estamos?

BRÍGIDA Mirad,
mirad por este balcón,
y alcanzaréis lo que va
desde un convento de monjas
a una quinta de don Juan.

DOÑA INÉS ¿Es de don Juan esta quinta?

BRÍGIDA Y creo que vuestra ya.

DOÑA INÉS Pero no comprendo, Brígida,
lo que dices.

BRÍGIDA Escuchad.
Estabais en el convento
leyendo con mucho afán
una carta de don Juan,
cuando estalló en un momento
un incendio formidable.

DOÑA INÉS ¡Jesús!

BRÍGIDA Espantoso, inmenso;
el humo era ya tan denso,
que el aire se hizo palpable.

DOÑA INÉS Pues no recuerdo…

BRÍGIDA Las dos,
con la carta entretenidas,

olvidamos nuestras vidas,
yo oyendo, y leyendo vos.
Y estaba en verdad tan tierna,
que entrambas a su lectura,
achacamos la tortura
que sentíamos interna.
Apenas ya respirar
podíamos, y las llamas
prendían en nuestras camas;
nos íbamos a asfixiar,
cuando don Juan, que os adora,
y que rondaba el convento,
al ver crecer con el viento
la llama devastadora,
con inaudito valor,
viendo que ibais a abrasaros,
se metió para salvaros
por donde pudo mejor.
Vos, al verle así asaltar
la celda tan de improviso,
os desmayasteis... preciso;
la cosa era de esperar.
Y él, cuando os vio caer así,
en sus brazos os tomó
y echó a huir, yo le seguí,
y del fuego nos sacó.
¿Dónde íbamos a esta hora?
Vos seguíais desmayada;
yo estaba ya casi ahogada.
Dijo, pues: «Hasta la aurora
en mi casa las tendré».
Y henos, doña Inés, aquí.

DOÑA INÉS ¿Conque esta es su casa?

BRÍGIDA Sí.

DOÑA INÉS Pues nada recuerdo a fe.
Pero… ¡en su casa…! ¡Oh! Al punto
salgamos de ella… yo tengo
la de mi padre.

BRÍGIDA Convengo
con vos; pero es el asunto…

DOÑA INÉS ¿Qué?

BRÍGIDA Que no podemos ir.

DOÑA INÉS Oír tal me maravilla.

BRÍGIDA Nos aparta de Sevilla…

DOÑA INÉS ¿Quién?

BRÍGIDA Vedlo, el Guadalquivir.

DOÑA INÉS ¿No estamos en la ciudad?

BRÍGIDA A una legua nos hallamos
de sus murallas.

DOÑA INÉS ¡Oh! ¡Estamos
perdidas!

BRÍGIDA ¡No sé en verdad
por qué!

DOÑA INÉS Me estás confundiendo,
Brígida… y no sé qué redes
son las que entre estas paredes
temo que me estás tendiendo.
Nunca el claustro abandoné,
ni sé del mundo exterior

los usos, mas tengo honor;
noble soy, Brígida, y sé
que la casa de don Juan
no es buen sitio para mí;
me lo está diciendo aquí
no sé qué escondido afán.
Ven, huyamos.

BRÍGIDA
Doña Inés,
la existencia os ha salvado.

DOÑA INÉS
Sí, pero me ha envenenado
el corazón.

BRÍGIDA
¿Le amáis, pues?

DOÑA INÉS
No sé… mas, por compasión,
huyamos pronto de ese hombre,
tras de cuyo solo nombre
se me escapa el corazón.
¡Ah! Tú me diste un papel
de manos de ese hombre escrito,
y algún encanto maldito
me diste encerrado en él.
Una sola vez le vi
por entre unas celosías,
y que estaba, me decías,
en aquel sitio por mí.
Tú, Brígida, a todas horas
me venías de él a hablar,
haciéndome recordar
sus gracias fascinadoras.
Tú me dijiste que estaba
para mío destinado
por mi padre, y me has jurado

en su nombre que me amaba.
¿Que le amo dices…? Pues bien;
si esto es amar, sí, le amo;
pero yo sé que me infamo
con esa pasión también.
Y si el débil corazón
se me va tras de don Juan,
tirándome de él están
mi honor y mi obligación.
Vamos, pues, vamos de aquí
primero que ese hombre venga;
pues fuerza acaso no tenga
si le veo junto a mí.
Vamos, Brígida.

BRÍGIDA Esperad.
¿No oís?

DOÑA INÉS ¿Qué?

BRÍGIDA Ruido de remos.

DOÑA INÉS Sí, dices bien; volveremos
en un bote a la ciudad.

BRÍGIDA Mirad, mirad, doña Inés.

DOÑA INÉS Acaba… por Dios, partamos.

BRÍGIDA Ya, imposible que salgamos.

DOÑA INÉS ¿Por qué razón?

BRÍGIDA Porque él es
quien en ese barquichuelo
se adelanta por el río.

DOÑA INÉS ¡Ay! ¡Dadme fuerzas, Dios mío!

BRÍGIDA
Ya llegó; ya está en el suelo.
Sus gentes nos volverán
a casa; mas antes de irnos,
es preciso despedirnos
a lo menos de don Juan.

DOÑA INÉS
Sea, y vamos al instante.
No quiero volverle a ver.

BRÍGIDA
(Aparte.)
Los ojos te hará volver
al encontrarle delante.
Vamos.

DOÑA INÉS
Vamos.

CIUTTI
(Dentro.)
Aquí están.

DON JUAN
(Dentro.)
Alumbra.

BRÍGIDA
¡Nos busca!

DOÑA INÉS
Él es.

Escena III

Dichas y Don Juan.

DON JUAN
¿Adónde vais, doña Inés?

DOÑA INÉS
Dejadme salir, don Juan.

DON JUAN
¿Que os deje salir?

BRÍGIDA
Señor,
sabiendo ya el accidente

del fuego, estará impaciente
por su hija el Comendador.

DON JUAN

¡El fuego! ¡Ah! No os dé cuidado
por Don Gonzalo , que ya
dormir tranquilo le hará
el mensaje que le he enviado.

DOÑA INÉS

¿Le habéis dicho…?

DON JUAN

Que os hallabais
bajo mi amparo segura,
y el aura del campo pura
libre por fin respirabais.

(Vase Brígida.)

Cálmate, pues, vida mía;
reposa aquí, y un momento
olvida de tu convento
la triste cárcel sombría.
¡Ah! ¿No es cierto, ángel de amor,
que en esta apartada orilla
más pura la luna brilla
y se respira mejor?
Esta aura que vaga llena
de los sencillos olores
de las campesinas flores
que brota esa orilla amena;
esa agua limpia y serena
que atraviesa sin temor
la barca del pescador
que espera cantando el día,
¿no es cierto, paloma mía,
que están respirando amor?
Esa armonía que el viento

recoge entre esos millares
de floridos olivares,
que agita con manso aliento,
ese dulcísimo acento
con que trina el ruiseñor
de sus copas morador
llamando al cercano día,
¿no es verdad, gacela mía,
que están respirando amor?
Y estas palabras que están
filtrando insensiblemente
tu corazón, ya pendiente
de los labios de don Juan,
y cuyas ideas van
inflamando en su interior
un fuego germinador
no encendido todavía,
¿no es verdad, estrella mía,
que están respirando amor?
Y esas dos líquidas perlas
que se desprenden tranquilas
de tus radiantes pupilas
convidándome a beberlas,
evaporarse a no verlas
de sí mismas al calor,
y ese encendido color
que en tu semblante no había,
¿no es verdad, hermosa mía,
que están respirando amor?
¡Oh! sí, bellísima Inés,
espejo y luz de mis ojos;
escucharme sin enojos

como lo haces, amor es;
mira aquí a tus plantas,
pues, todo el altivo rigor
de este corazón traidor
que rendirse no creía,
adorando, vida mía,
la esclavitud de tu amor.

DOÑA INÉS

Callad, por Dios, ¡oh don Juan!,
que no podré resistir
mucho tiempo sin morir
tan nunca sentido afán.
¡Ah! Callad, por compasión,
que oyéndoos me parece
que mi cerebro enloquece
y se arde mi corazón.
¡Ah! Me habéis dado a beber
un filtro infernal sin duda,
que a rendiros os ayuda
la virtud de la mujer.
Tal vez poseéis, don Juan,
un misterioso amuleto,
que a vos me atrae en secreto
como irresistible imán.
Tal vez Satán puso en vos
su vista fascinadora,
su palabra seductora
y el amor que negó a Dios.
¿Y qué he de hacer, ¡ay de mí!,
sino caer en vuestros brazos,
si el corazón en pedazos
me vais robando de aquí?
No, don Juan; en poder mío

Resistirte no está ya;
yo voy a ti, como va
sorbido al mar ese río.
Tu presencia me enajena,
tus palabras me alucinan,
y tus ojos me fascinan,
y tu aliento me envenena.
¡Don Juan! ¡Don Juan! Yo lo imploro
de tu hidalga compasión:
o arráncame el corazón,
o ámame, porque te adoro.

DON JUAN

¡Alma mía! Esa palabra
cambia de modo mi ser,
que alcanzo que puede
hacer hasta que el Edén se me abra.
No es, doña Inés, Satanás
quien pone este amor en mí;
es Dios, que quiere por ti
ganarme para Él quizás.
No; el amor que hoy se atesora
en mi corazón mortal,
no es un amor terrenal
como el que sentí hasta ahora;
no es esa chispa fugaz
que cualquier ráfaga apaga;
es incendio que se traga
cuanto ve, inmenso, voraz.
Desecha, pues, tu inquietud,
bellísima doña Inés,
porque me siento a tus pies
capaz aún de la virtud.
Sí; iré mi orgullo a postrar

ante el buen Comendador,
y, o habrá de darme tu amor,
o me tendrá que matar.

DOÑA INÉS ¡Don Juan de mi corazón!

DON JUAN ¡Silencio! ¿Habéis escuchado?

DOÑA INÉS ¿Qué?

DON JUAN Sí; una barca ha atracado
debajo de ese balcón.
Un hombre embozado de ella
salta... Brígida, al momento

(Entra Brígida.)

pasad a esotro aposento;
y perdonad, Inés bella,
si solo me importa estar.

DOÑA INÉS ¿Tardarás?

DON JUAN Poco ha de ser.

DOÑA INÉS A mi padre hemos de ver.

DON JUAN Sí; en cuanto empiece a clarear.
Adiós.

Escena IV

Don Juan y Ciutti.

CIUTTI Señor.

DON JUAN ¿Qué sucede,
Ciutti?

CIUTTI Ahí está un embozado
en veros muy empeñado.

DON JUAN ¿Quién es?

CIUTTI Dice que no puede
descubrirse más que a vos,
y que es cosa de tal priesa,
que en ella se os interesa
la vida a entrambos a dos.

DON JUAN ¿Y en él no has reconocido
marca ni señal alguna
que nos oriente?

CIUTTI Ninguna;
mas a veros decidido
viene.

DON JUAN ¿Trae gente?

CIUTTI No más
que los remeros del bote.

DON JUAN Que entre.

Escena V

Don Juan. Luego Ciutti y Don Luis, embozado.

DON JUAN ¡Jugamos a escote
la vida...! Mas, si es quizás
un traidor que hasta mi quinta
me viene siguiendo el paso...
hálleme, pues, por si acaso,
con las armas en la cinta.

(Se ciñe la espada y suspende al cinto un par de pistolas, que habrá colocado sobre la mesa a su salida en la escena tercera. Al momento sale Ciutti conduciendo a Don Luis, que, embozado hasta los ojos, espera a que se queden solos. Don Juan hace a Ciutti una seña para que se retire. Lo hace.)

Escena VI

Don Juan y Don Luis.

DON JUAN *(Aparte.)*
Buen talante. Bien venido,
caballero.

DON LUIS Bien hallado,
señor mío.

DON JUAN Sin cuidado
hablad.

DON LUIS Jamás lo he tenido.

DON JUAN Decid, pues: ¿a qué venís
a esta hora y con tal afán?

DON LUIS Vengo a mataros, don Juan.

DON JUAN ¿Según eso, sois don Luis?

DON LUIS No os engañó el corazón,
y el tiempo no malgastemos,
don Juan; los dos no cabemos
ya en la tierra.

DON JUAN En conclusión,
señor Mejía, es decir
que, porque os gané la apuesta,

¿queréis que acabe la fiesta
con salirnos a batir?

DON LUIS
Estáis puesto en la razón;
la vida apostado habemos,
y es fuerza que nos paguemos.

DON JUAN
Soy de la misma opinión.
Mas ved que os debo advertir
que sois vos quien la ha perdido.

DON LUIS
Pues por eso os la he traído;
mas no creo que morir
deba nunca un caballero
que lleva en el cinto espada,
como una res destinada
por su dueño al matadero.

DON JUAN
Ni yo creo que resquicio
habréis jamás encontrado
por donde me hayáis tomado
por un cortador de oficio.

DON LUIS
De ningún modo, y ya veis
que, pues os vengo a buscar,
mucho en vos debo fiar.

DON JUAN
No más de lo que podéis.
Y por mostraros mejor
mi generosa hidalguía,
decid si aún puedo, Mejía,
satisfacer vuestro honor.
Leal la apuesta os gané
mas si tanto os ha escocido,
mirad si halláis conocido remedio,
y le aplicaré.

DON LUIS
No hay más que el que os he propuesto,
don Juan. Me habéis maniatado,
y habéis la casa asaltado
usurpándome mi puesto;
y pues el mío tomasteis
para triunfar de doña Ana,
no sois vos, don Juan, quien gana,
porque por otro jugasteis.

DON JUAN
Ardides del juego son.

DON LUIS
Pues no os los quiero pasar,
y por ellos a jugar
vamos ahora el corazón.

DON JUAN
¿Le arriesgáis, pues, en revancha
de doña Ana de Pantoja?

DON LUIS
Sí; y lo que tardo me enoja
en lavar tan fea mancha.
Don Juan, yo la amaba, sí;
mas con lo que habéis osado,
imposible la hais dejado
para vos y para mí.

DON JUAN
¿Por qué la apostasteis, pues?

DON LUIS
Porque no pude pensar
que la pudierais lograr.
Y… vamos, por San Andrés,
a reñir, que me impaciento.

DON JUAN
Bajemos a la ribera.

DON LUIS
Aquí mismo.

DON JUAN	Necio fuera;
¿no veis que en este aposento
prendieran al vencedor?
Vos traéis una barquilla.

DON LUIS	Sí.

DON JUAN	Pues que lleve a Sevilla
al que quede.

DON LUIS	Eso es mejor;
Salgamos, pues.

DON JUAN	Esperad.

DON LUIS	¿Qué sucede?

DON JUAN	Ruido siento.

DON LUIS	Pues no perdamos momento.

Escena VII

Don Juan, Don Luis y Ciutti.

CIUTTI	Señor, la vida salvad.

DON JUAN	¿Qué hay, pues?

CIUTTI	El Comendador,
que llega con gente armada.

DON JUAN	Déjale franca la entrada,
pero a él solo.

CIUTTI	Mas, señor…

DON JUAN	Obedéceme.

(Vase Ciutti.)

Escena VIII

Don Juan y Don Luis.

DON JUAN — Don Luis,
pues de mí os habéis fiado
cuanto dejáis demostrado
cuando, a mi casa venís,
no dudaré en suplicaros,
pues mi valor conocéis,
que un instante me aguardéis.

DON LUIS — Yo nunca puse reparos
en valor que es tan notorio;
mas no me fío de vos.

DON JUAN — Ved que las partes son dos
de la apuesta con Tenorio,
y que ganadas están.

DON LUIS — ¡Lograsteis a un tiempo…!

DON JUAN — Sí;
la del convento está aquí;
y pues viene de don Juan
a reclamarla quien puede,
cuando me podéis matar,
no debo asunto dejar
tras mí que pendiente quede.

DON LUIS — Pero mirad que meter
quien puede el lance impedir
entre los dos, puede ser…

DON JUAN — ¿Qué?

DON LUIS — Excusaros de reñir.

DON JUAN
¡Miserable…! De don Juan
podéis dudar solo vos;
mas aquí entrad, vive Dios,
y no tengáis tanto afán
por vengaros, que este asunto
arreglado con ese hombre,
don Luis, yo os juro a mi nombre
que nos batimos al punto.

DON LUIS
Pero…

DON JUAN
¡Con una legión
de diablos! Entrad aquí,
que harta nobleza es en mí
aún daros satisfacción.
Desde ahí ved y escuchad;
franca tenéis esa puerta;
si veis mi conducta incierta,
como os acomode obrad.

DON LUIS
Me avengo, si muy reacio
no andáis.

DON JUAN
Calculadlo vos
a placer; mas, ¡vive Dios!,
¡que para todo hay espacio!

(Entra Don Luis en el cuarto que Don Juan le señala.)

Ya suben.
(Don Juan escucha.)

DON GONZALO
(Dentro.)
¿Dónde está?

DON JUAN
Él es.

Escena IX

Don Juan y Don Gonzalo.

DON GONZALO ¿Adónde está ese traidor?

DON JUAN Aquí está, Comendador.

DON GONZALO ¿De rodillas?

DON JUAN Y a tus pies.

DON GONZALO Vil eres hasta en tus crímenes.

DON JUAN Anciano, la lengua ten,
y escúchame un solo instante.

DON GONZALO ¿Qué puede en tu lengua haber
que borre lo que tu mano
escribió en este papel?
¡Ir a sorprender, infame,
la cándida sencillez
de quien no pudo el veneno
de esas letras precaver!
¡Derramar en su alma virgen
traidoramente la hiel
en que rebosa la tuya
seca de virtud y fe!
¡Proponerse así enlodar
de mis timbres la alta prez,
como si fuera un harapo
que desecha un mercader!
¿Ese es el valor, Tenorio,
de que blasonas? ¿Esa es
la proverbial osadía
que te da a el vulgo a temer?
¿Con viejos y con doncellas

las muestras...? ¿Y para qué?
¡Vive Dios! Para venir
sus plantas así a lamer,
mostrándote a un tiempo ajeno
de valor y de honradez.

DON JUAN ¡Comendador!

DON GONZALO ¡Miserable!
Tú has robado a mi hija Inés
de su convento, y yo vengo
por tu vida o por mi bien.

DON JUAN Jamás delante de un hombre
mi alta cerviz incliné,
ni he suplicado jamás,
ni a mi padre, ni a mi rey.
Y pues conservo a tus plantas
la postura en que me ves,
considera, Don Gonzalo,
que razón debo tener.

DON GONZALO Lo que tienes es pavor
de mi justicia.

DON JUAN ¡Pardiez!
Óyeme, Comendador,
o tenerme no sabré,
y seré quien siempre he sido
no queriéndolo ahora ser.

DON GONZALO ¡Vive Dios!

DON JUAN Comendador,
yo idolatro a doña Inés,
persuadido de que el cielo
me la quiso conceder

para enderezar mis pasos
por el sendero del bien.
No amé la hermosura en ella
ni sus gracias adoré;
lo que adoro es la virtud,
don Gonzalo, en doña Inés.
Lo que justicias ni obispos
no pudieron de mí hacer
con cárceles y sermones,
lo pudo su candidez.
Su amor me torna en otro hombre
regenerando mi ser,
y ella puede hacer un ángel
de quien un demonio fue.
Escucha, pues, Don Gonzalo,
lo que te puede ofrecer
el audaz don Juan Tenorio
de rodillas a tus pies.
Yo seré esclavo de tu hija,
en tu casa viviré,
tú gobernarás mi hacienda
diciéndome *esto ha de ser.*
El tiempo que señalares,
en reclusión estaré;
cuantas pruebas exigieres
de mi audacia o mi altivez,
del modo que me ordenares
con sumisión te daré.
Y cuando estime tu juicio
que la pueda merecer,
yo la daré un buen esposo
y ella me dará el Edén.

DON GONZALO — Basta, don Juan; no sé cómo
me he podido contener
oyendo tan torpes pruebas
de tu infame avilantez.
Don Juan, tú eres un cobarde
cuando en la ocasión te ves,
y no hay bajeza a que no oses
como te saque con bien.

DON JUAN — ¡Don Gonzalo!

DON GONZALO — Y me avergüenzo
de mirarte así a mis pies,
lo que apostabas por fuerza
suplicando por merced.

DON JUAN — Todo así se satisface,
Don Gonzalo, de una vez.

DON GONZALO — ¡Nunca! ¡Nunca! ¿Tú su esposo?
Primero la mataré.
Ea, entregádmela al punto,
o, sin poderme valer,
en esa postura vil
el pecho te cruzaré.

DON JUAN — Míralo bien, Don Gonzalo,
que vas a hacerme perder
con ella hasta la esperanza
de mi salvación tal vez.

DON GONZALO — ¿Y qué tengo yo, don Juan,
con tu salvación que ver?

DON JUAN — ¡Comendador, que me pierdes!

DON GONZALO — ¡Mi hija!

DON JUAN Considera bien
que por cuantos medios pude
te quise satisfacer;
y que con armas al cinto
tus denuestos toleré,
proponiéndote la paz
de rodillas a tus pies.

Escena X

Dichos y Don Luis, soltando una carcajada de burla.

DON LUIS Muy bien, don Juan.

DON JUAN ¡Vive Dios!

DON GONZALO ¿Quién es ese hombre?

DON LUIS Un testigo
de su miedo, y un amigo,
Comendador, para vos.

DON JUAN ¡Don Luis!

DON LUIS Ya he visto bastante,
don Juan, para conocer
cuál uso puedes hacer
de tu valor arrogante;
y quien hiere por detrás
y se humilla en la ocasión,
es tan vil como el ladrón
que roba y huye.

DON JUAN ¿Esto más?

DON LUIS Y pues la ira soberana
de Dios junta, como ves,
al padre de doña Inés
y al vengador de doña Ana,
mira el fin que aquí te espera
cuando a igual tiempo te alcanza
aquí dentro su venganza
y la justicia allá fuera.

DON GONZALO ¡Oh! Ahora comprendo… ¿Sois vos
el que…?

DON LUIS Soy don Luis Mejía,
a quien a tiempo os envía
por vuestra venganza Dios.

DON JUAN ¡Basta, pues, de tal suplicio!
Si con hacienda y honor
ni os muestro ni doy valor
a mi franco sacrificio,
y la leal solicitud
con que ofrezco cuanto puedo
tomáis, vive Dios, por miedo
y os mofáis de mi virtud,
os acepto el que me dais
plazo breve y perentorio
para mostrarme el Tenorio
de cuyo valor dudáis.

DON LUIS Sea, y cae a nuestros pies
digno al menos de esa fama
que por tan bravo te aclama.

DON JUAN Y venza el infierno, pues.
¡Ulloa, pues mi alma así

vuelves a hundir en el vicio,
cuando Dios me llame a juicio
tú responderás por mí!
(Le da un pistoletazo.)

DON GONZALO *(Cayendo.)*
¡Asesino!

DON JUAN ¡Y tú, insensato,
que me llamas vil ladrón,
di en prueba de tu razón
que cara a cara te mato!
(Riñen, y le da una estocada.)

DON LUIS *(Cayendo.)*
¡Jesús!

DON JUAN Tarde tu fe ciega
acude al cielo, Mejía,
y no fue por culpa mía.
Pero la justicia llega,
y a fe que ha de ver quién soy.

CIUTTI *(Dentro.)*
¡Don Juan!

DON JUAN *(Asomándose al balcón.)*
¿Quién es?

CIUTTI *(Dentro.)*
Por aquí;
Salvaos.

DON JUAN ¿Hay paso?

CIUTTI Sí:
arrojaos.

DON JUAN — Allá voy.
Llamé al cielo, y no me oyó,
y pues sus puertas me cierra,
de mis pasos en la tierra
responda el cielo, y no yo.

(Se arroja por el balcón, y se le oye caer en el agua del río; al mismo tiempo que el ruido de los remos muestra la rapidez del barco en que parte, se oyen golpes en las puertas de la habitación; poco después entra la justicia, soldados, etc.)

Escena XI

Alguaciles, soldados. Luego Doña Inés y Brígida.

ALGUACIL 1.° — El tiro ha sonado aquí.

ALGUACIL 2.° — Aún hay humo.

ALGUACIL 1.° — ¡Santo Dios!
Aquí hay un cadáver.

ALGUACIL 2.° — Dos.

ALGUACIL 1.° — ¿Y el matador?

ALGUACIL 2.° — Por allí.

(Abren el cuarto en que están Doña Inés y Brígida, y las sacan a la escena. Doña Inés reconoce el cadáver de su padre).

ALGUACIL 1.° — ¡Dos mujeres!

DOÑA INÉS — ¡Ah! ¡Qué horror!
¡Padre mío!

ALGUACIL 1.° — ¡Es su hija!

BRÍGIDA Sí.

DOÑA INÉS ¡Ah! ¿Dó estás, don Juan, que aquí
me olvidas en tal dolor?

ALGUACIL 1.º Él le asesinó.

DOÑA INÉS ¡Dios mío!
¿Me guardabas esto más?

ALGUACIL 2.º Por aquí ese Satanás
se arrojó sin duda al río.

ALGUACIL 1.º Miradlos… a bordo están
del bergantín calabrés.

TODOS Justicia por doña Inés.

DOÑA INÉS Pero no contra don Juan.

(Esta escena puede suprimirse en la representación, terminando el acto con el último verso de la anterior.)

SEGUNDA PARTE

ACTO PRIMERO
LA SOMBRA DE DOÑA INÉS

Don Juan, el Capitán Centellas, don Rafael de Avellaneda, un escultor, la SOMBRA de doña Inés.

Panteón de la familia Tenorio. El teatro representa un magnífico cementerio, hermoseado a manera de jardín. En primer término, aislados y de bulto, los sepulcros de Don Gonzalo de Ulloa, de Doña Inés y de Don Luis Mejía, sobre los cuales se ven sus estatuas de piedra. El sepulcro de Don Gonzalo a la derecha, y su estatua de rodillas; el de Don Luis a la izquierda, y su estatua también de rodillas; el de Doña Inés en el centro, y su estatua al pie. En segundo término otros dos sepulcros en la forma que convenga; y en tercer término y en puesto elevado el sepulcro y la estatua del fundador, Don Diego Tenorio, en cuya figura remata la perspectiva de los sepulcros. Una pared llena de nichos y lápidas circuye el cuadro hasta el horizonte. Dos llorones a cada lado de la tumba de doña Inés, dispuestos a servir de la manera que a su tiempo exige el juego escénico. Cipreses y flores de todas clases embellecen la decoración, que no debe tener nada horrible. La acción se supone en una tranquila noche de verano, y alumbrada por una clarísima luna.

Escena Primera

El Escultor, disponiéndose a marchar.

ESCULTOR — Pues señor, es cosa hecha;
el alma del buen don Diego

puede, a mi ver, con sosiego
reposar muy satisfecha.
La obra está ya rematada
con cuanta suntuosidad
su postrera voluntad
dejó al mundo encomendada.
Y ya quisieran, ¡pardiez!,
todos los ricos que mueren
que su voluntad cumplieren
los vivos, como esta vez.
Mas ya de marcharme es hora;
todo corriente lo dejo,
y de Sevilla me alejo
al despuntar de la aurora.
¡Ah, mármoles que mis manos
pulieron con tanto afán!
Mañana os contemplarán
los absortos sevillanos;
y al mirar de este panteón
las gigantes proporciones,
tendrán las generaciones
la nuestra en veneración.
Mas yendo y viniendo días,
se hundirán unas tras otras,
mientras en pie estaréis vosotras,
póstumas memorias mías.
¡Oh, frutos de mis desvelos,
peñas a quien yo animé,
y por quienes arrostré
la intemperie de los cielos!
El que forma y ser os dio
va ya a perderos de vista;
velad mi gloria de artista,

pues viviréis más que yo.
Mas... ¿quién llega?

Escena II

El Escultor y Don Juan, que entra embozado.

ESCULTOR — Caballero...
DON JUAN — Dios le guarde.
ESCULTOR — Perdonad,
mas ya es tarde, y...
DON JUAN — Aguardad
un instante, porque quiero
que me expliquéis...
ESCULTOR — ¿Por acaso
sois forastero?
DON JUAN — Años ha
que falto de España ya,
y me chocó el ver al paso,
cuando a esas verjas llegué,
que encontraba este recinto
enteramente distinto
de cuando yo lo dejé.
ESCULTOR — ¡Ya lo creo! Como que esto
era entonces un palacio,
y hoy es panteón el espacio
donde aquel estuvo puesto.
DON JUAN — ¡El palacio hecho panteón!

ESCULTOR
Tal fue de su antiguo dueño
la voluntad, y fue empeño
que dio al mundo admiración.

DON JUAN
¡Y, por Dios, que es de admirar!

ESCULTOR
Es una famosa historia,
a la cual debo mi gloria.

DON JUAN
¿Me la podéis relatar?

ESCULTOR
Sí; aunque muy sucintamente,
pues me aguardan.

DON JUAN
Sea.

ESCULTOR
Oíd
la verdad pura.

DON JUAN
Decid,
que me tenéis impaciente.

ESCULTOR
Pues habitó esta ciudad
y este palacio, heredado,
un varón muy estimado
por su noble calidad.

DON JUAN
Don Diego Tenorio.

ESCULTOR
El mismo.
Tuvo un hijo este don Diego
peor mil veces que el fuego,
un aborto del abismo.
Un mozo sangriento y cruel,
que con tierra y cielo en guerra,
dicen que nada en la tierra
fue respetado por él.
Quimerista, seductor

y jugador con ventura,
no hubo para él segura
vida, ni hacienda, ni honor.
    Así le pinta la historia,
y si tal era, por cierto
que obró cuerdamente el muerto
para ganarse la gloria.

DON JUAN ¿Pues cómo obró?

ESCULTOR Dejó entera
su hacienda al que la empleara
en un panteón que asombrara
a la gente venidera.
    Mas con condición, que dijo,
que se enterraran en él
los que a la mano cruel
sucumbieron de su hijo.
    Y mirad en derredor
los sepulcros de los más
de ellos.

DON JUAN ¿Y vos sois quizás
el conserje?

ESCULTOR El escultor
de estas obras encargado.

DON JUAN ¡Ah! ¿Y las habéis concluido?

ESCULTOR Ha un mes; mas me he detenido
hasta ver ese enverjado
colocado en su lugar;
pues he querido impedir
que pueda el vulgo venir
este sitio a profanar.

DON JUAN *(Mirando.)*
¡Bien empleó sus riquezas
El difunto!

ESCULTOR ¡Ya lo creo!
Miradle allí.

DON JUAN Ya le veo.

ESCULTOR ¿Le conocisteis?

DON JUAN Sí.

ESCULTOR Piezas
son todas muy parecidas,
y a conciencia trabajadas.

DON JUAN ¡Cierto que son extremadas!

ESCULTOR ¿Os han sido conocidas
las personas?

DON JUAN Todas ellas.

ESCULTOR ¿Y os parecen bien?

DON JUAN Sin duda,
según lo que a ver me ayuda
el fulgor de las estrellas.

ESCULTOR ¡Oh! Se ven como de día
con esta luna tan clara.
Esta es mármol de Carrara.
(Señalando a la de Don Luis.)

DON JUAN ¡Buen busto es el de Mejía!
¡Hola! Aquí el Comendador
se representa muy bien.

ESCULTOR Yo quise poner también
la estatua del matador
entre sus víctimas; pero
no pude a manos haber
su retrato. Un Lucifer
dicen que era el caballero
don Juan Tenorio.

DON JUAN ¡Muy malo!
Mas, como pudiera hablar,
le había algo de abonar
la estatua de Don Gonzalo.

ESCULTOR ¿También habéis conocido
a don Juan?

DON JUAN Mucho.

ESCULTOR Don Diego
le abandonó desde luego
desheredándole.

DON JUAN Ha sido
para don Juan poco daño
ese, porque la fortuna
va tras él desde la cuna.

ESCULTOR Dicen que ha muerto.

DON JUAN Es engaño;
vive.

ESCULTOR ¿Y dónde?

DON JUAN Aquí, en Sevilla.

ESCULTOR ¿Y no teme que el furor
popular…?

DON JUAN
En su valor
no ha echado el miedo semilla.

ESCULTOR
Mas cuando vea el lugar
en que está ya convertido
el solar que suyo ha sido,
no osará en Sevilla estar.

DON JUAN
Antes ver tendrá a fortuna
en su casa reunidas
personas de él conocidas,
puesto que no odia a ninguna.

ESCULTOR
¿Creéis que ose aquí venir?

DON JUAN
¿Por qué no? Pienso, a mi ver,
que donde vino a nacer
justo es que venga a morir.
Y pues le quitan su herencia
para enterrar a estos bien,
a él es muy justo también
que le entierren con decencia.

ESCULTOR
Solo a él le está prohibida
en este panteón la entrada.

DON JUAN
Trae don Juan muy buena espada,
y no sé quién se lo impida.

ESCULTOR
¡Jesús! ¡Tal profanación!

DON JUAN
Hombre es don Juan que,
a querer, volverá el palacio hacer
encima del panteón.

ESCULTOR
¿Tan audaz ese hombre es
que aún a los muertos se atreve?

DON JUAN ¿Qué respetos gastar debe
con los que tendió a sus pies?

ESCULTOR ¿Pero no tiene conciencia
ni alma ese hombre?

DON JUAN Tal vez no;
que al cielo una vez llamó
con voces de penitencia,
y el cielo en trance tan fuerte
allí mismo le metió,
que a dos inocentes dio,
para salvarse, la muerte.

ESCULTOR ¡Qué monstruo, supremo Dios!

DON JUAN Podéis estar convencido
de que Dios no le ha querido.

ESCULTOR Tal será.
(Aparte.)
¿Y quién será el que a don Juan
abona con tanto brío?
Caballero, a pesar mío,
como aguardándome están...

DON JUAN Idos, pues, enhorabuena.

ESCULTOR He de cerrar.

DON JUAN No cerréis,
y marchaos.

ESCULTOR ¿Mas no veis...?

DON JUAN Veo una noche serena
y un lugar que me acomoda
para gozar su frescura,

y aquí he de estar a mi holgura,
si pesa a Sevilla toda.

ESCULTOR *(Aparte.)*
¿Si acaso padecerá
de locura desvaríos?

DON JUAN *(Dirigiéndose a las estatuas.)*
Ya estoy aquí, amigos míos.

ESCULTOR ¿No lo dije? Loco está.

DON JUAN Mas, ¡cielos!,
¿qué es lo que veo?
¡O es ilusión de mi vista,
o a doña Inés el artista
aquí representa creo!

ESCULTOR Sin duda.

DON JUAN ¿También murió?

ESCULTOR Dicen que de sentimiento
cuando de nuevo al convento
abandonada volvió
por don Juan.

DON JUAN ¿Y yace aquí?

ESCULTOR Sí.

DON JUAN ¿La visteis muerta vos?

ESCULTOR Sí.

DON JUAN ¿Cómo estaba?

ESCULTOR ¡Por Dios,
que dormida la creí!
La muerte fue tan piadosa

con su cándida hermosura,
que la envió con frescura
y las tintas de la rosa.

DON JUAN ¡Ah! Mal la muerte podría
deshacer con torpe mano
el semblante soberano
que un ángel envidiaría.
¡Cuán bella y cuán parecida
su efigie en el mármol es!
¡Quién pudiera, doña Inés,
volver a darte la vida!
¿Es obra del cincel vuestro?

ESCULTOR Como todas las demás.

DON JUAN Pues bien merece algo más
un retrato tan maestro.
Tomad.

ESCULTOR ¿Qué me dais aquí?

DON JUAN ¿No lo veis?

ESCULTOR Mas… caballero…
¿por qué razón…?

DON JUAN Porque quiero
yo que os acordéis de mí.

ESCULTOR Mirad que están bien pagadas.

DON JUAN Así lo estarán mejor.

ESCULTOR Mas vamos de aquí, señor,
que aún las llaves entregadas
no están, y al salir la aurora
tengo que partir de aquí.

DON JUAN — Entregádmelas a mí,
y marchaos desde ahora.

ESCULTOR — ¿A vos?

DON JUAN — A mí; ¿qué dudáis?

ESCULTOR — Como no tengo el honor…

DON JUAN — Ea, acabad, escultor.

ESCULTOR — Si el nombre al menos que usáis
supiera…

DON JUAN — ¡Viven los cielos!
Dejad a don Juan Tenorio
velar el lecho mortuorio
en que duermen sus abuelos.

ESCULTOR — ¡Don Juan Tenorio!

DON JUAN — Yo soy,
y si no me satisfaces,
compañía juro que haces
a tus estatuas desde hoy.

ESCULTOR — *(Alargándole las llaves.)*
Tomad.
(Aparte.)
No quiero la piel
dejar aquí entre sus manos.
Ahora que los sevillanos
se las compongan con él.

(Vase.)

Escena III

Don Juan, solo.

DON JUAN

Mi buen padre empleó en esto
entera la hacienda mía;
hizo bien; yo al otro día
la hubiera a una carta puesto.
(Pausa.)
No os podréis quejar de mí,
vosotros a quien maté;
si buena vida os quité,
buena sepultura os di.
¡Magnífica es en verdad
la idea del tal panteón!
Y… siento que el corazón
me halaga esta soledad.
¡Hermosa noche…! ¡Ay de mí!
¡Cuántas como esta tan puras
en infames aventuras
desatinado perdí!
¡Cuántas al mismo fulgor
de esa luna transparente,
arranqué a algún inocente
la existencia o el honor!
Sí; después de tantos años
cuyos recuerdos espantan,
siento que aquí se levantan
(Señalando a la frente.)
pensamientos en mí extraños.
¡Oh! Acaso me lo[s] inspira
desde el cielo, en donde mora,
esa sombra protectora
que por mi mal no respira.

(Se dirige a la estatua de Doña Inés,
hablándola con respeto.)

¡Mármol en quien doña Inés
en cuerpo sin alma existe,
deja que el alma de un triste
llore un momento a tus pies!
De azares mil a través
conservé tu imagen pura;
y pues la mala ventura
te asesinó de don Juan,
contempla con cuánto afán
vendrá hoy a tu sepultura.

En ti nada más pensó
desde que se fue de ti;
y desde que huyó de aquí,
solo en volver meditó.
Don Juan tan solo esperó
de doña Inés su ventura,
y hoy que en pos de su hermosura
vuelve el infeliz don Juan,
mira cuál será su afán
al dar con tu sepultura.

Inocente doña Inés,
cuya hermosa juventud
encerró en el ataúd
quien llorando está a tus pies;
si de esa piedra a través
puedes mirar la amargura
del alma que tu hermosura
adoró con tanto afán,
prepara un lado a don Juan
en tu misma sepultura.

Dios te crió por mi bien,

por ti pensé en la virtud,
adoré su excelsitud,
y anhelé su santo Edén.
Sí; aún hoy mismo en ti
también mi esperanza se asegura,
y oigo una voz que murmura
en derredor de don Juan
palabras con que su afán
se calma en tu sepultura.
¡Oh, doña Inés de mi vida!
Si esa voz con quien deliro
es el postrimer suspiro
de tu eterna despedida;
si es que de ti desprendida
llega esa voz a la altura,
y hay un Dios tras de esa anchura
por donde los astros van,
dile que mire a don Juan
llorando en tu sepultura.

(Se apoya en el sepulcro, ocultando el rostro; y mientras se conserva en esta postura, un vapor que se levanta del sepulcro oculta la estatua de Doña Inés. Cuando el vapor se desvanece, la estatua ha desaparecido. Don Juan sale de su enajenamiento.)

Este mármol sepulcral
adormece mi vigor,
y sentir creo en redor
un ser sobrenatural.
Mas… ¡cielos! ¡El pedestal
no mantiene su escultura!
¿Qué es esto? Aquella figura
¿fue creación de mi afán?

Escena IV

Don Juan y la Sombra de doña Inés. El llorón y las flores de la izquierda del sepulcro de Doña Inés se cambian en una apariencia, dejando ver dentro de ella, y en medio de resplandores, la Sombra de doña Inés.

SOMBRA

No; mi espíritu, don Juan,
te aguardó en mi sepultura.

DON JUAN

(De rodillas.)
¡Doña Inés! ¡Sombra querida,
alma de mi corazón,
no me quites la razón
si me has de dejar la vida!
Si eres imagen fingida,
solo hija de mi locura,
no aumentes mi desventura
burlando mi loco afán.

SOMBRA

Yo soy doña Inés, don Juan,
que te oyó en su sepultura.

DON JUAN

¿Conque vives?

SOMBRA

Para ti;
mas tengo mi purgatorio
en ese mármol mortuorio
que labraron para mí.
Yo a Dios mi alma ofrecí
en precio de tu alma impura;
y Dios, al ver la ternura
con que te amaba mi afán,
me dijo: «Espera a don Juan
en tu misma sepultura».

Y pues quieres ser tan fiel
a un amor de Satanás,
con don Juan te salvarás,
o te perderás con él.
Por él vela; mas si cruel
te desprecia tu ternura,
y en su torpeza y locura
sigue con bárbaro afán,
llévese tu alma don Juan
de tu misma sepultura».

DON JUAN (*Fascinado.*)
¡Yo estoy soñando quizás
con las sombras de un Edén!

SOMBRA No; y ve que si piensas bien,
a tu lado me tendrás;
mas si obras mal, causarás
nuestra eterna desventura.
Y medita con cordura
que es esta noche, don Juan,
el espacio que nos dan
para buscar sepultura.
Adiós, pues; y en la ardua lucha
en que va a entrar tu existencia,
de tu dormida conciencia
la voz que va a alzarse escucha,
porque es de importancia mucha
meditar con sumo tiento
la elección de aquel momento
que, sin poder evadirnos,
al mal o al bien ha de abrirnos
la losa del monumento.

(Se cierra la apariencia; desaparece Doña Inés, y todo queda como al principio del acto, menos la estatua de Doña Inés, que no vuelve a su lugar. Don Juan queda atónito.)

Escena V

Don Juan, solo.

DON JUAN

¡Cielos! ¿Qué es lo que escuché?
¡Hasta los muertos así
dejan sus tumbas por mí!
Mas, sombra, delirio fue.
Yo en mi mente lo forjé;
la imaginación le dio
la forma en que se mostró,
y ciego, vine a creer
en la realidad de un ser
que mi mente fabricó.

Mas nunca de modo tal
fanatizó mi razón
mi loca imaginación
con su poder ideal.
Sí; algo sobrenatural
vi en aquella doña Inés
tan vaporosa, a través
aun de esa enramada espesa;
mas... ¡bah!, circunstancia es esa
que propia de sombra es.

¿Qué más diáfano y sutil
que las quimeras de un sueño?
¿Dónde hay nada más risueño,
más flexible y más gentil?

¿Y no pasa veces mil
que, en febril exaltación,
ve nuestra imaginación
como ser y realidad
la vacía vanidad
de una anhelada ilusión?
   ¡Sí, por Dios; delirio fue!
Mas su estatua estaba aquí.
Sí; yo la vi y la toqué,
y aun en albricias le di
al escultor, no sé qué.
¡Y ahora solo el pedestal
veo en la urna funeral!
¡Cielos! ¿La mente me falta,
o de improviso me asalta
algún vértigo infernal?
   ¿Qué dijo aquella visión?
¡Oh! Yo la oí claramente,
y su voz triste y doliente
resonó en mi corazón.
¡Ah! ¡Y breves las horas son
del plazo que nos augura!
¡No, no; de mi calentura
delirio insensato es!
Mi fiebre fue a doña Inés
quien abrió la sepultura.
   ¡Pasad y desvaneceos;
pasad, siniestros vapores
de mis perdidos amores
y mis fallidos deseos!
¡Pasad, vanos devaneos
de un amor muerto al nacer;
no me volváis a traer

entre vuestro torbellino
ese fantasma divino
que recuerda a una mujer!
¡Ah!, estos sueños me aniquilan,
mi cerebro se enloquece…
¡y esos mármoles parece
que estremecidos vacilan!

(Las estatuas se mueven lentamente, y vuelven la cabeza hacia él.)

¡Sí, sí; sus bustos oscilan,
su vago contorno medra…!
Pero don Juan no se arredra.
¡Alzaos, fantasmas vanos,
y os volveré con mis manos
a vuestros lechos de piedra!
No; no me causan pavor
vuestros semblantes esquivos;
jamás, ni muertos ni vivos,
humillaréis mi valor.
Yo soy vuestro matador,
como al mundo es bien notorio;
si en vuestro alcázar mortuorio
me aprestáis venganza fiera,
daos prisa, que aquí os espera
otra vez don Juan Tenorio.

Escena VI

Don Juan, el Capitán Centellas y Avellaneda.

CENTELLAS ¿Don Juan Tenorio?
(Dentro.)

DON JUAN *(Volviendo en sí.)*
¿Qué es eso?
¿Quién me repite mi nombre?

AVELLANEDA *(Saliendo.)*
¿Veis a alguien?
(A Centellas.)

CENTELLAS *(Saliendo.)*
Sí; allí hay un hombre.

DON JUAN ¿Quién va?

AVELLANEDA Él es.

CENTELLAS *(Yéndose a Don Juan.)*
Yo pierdo el seso
con la alegría. ¡Don Juan!

AVELLANEDA ¡Señor Tenorio!

DON JUAN ¡Apartaos,
vanas sombras!

CENTELLAS Reportaos,
señor don Juan… Los que están
en vuestra presencia ahora,
no son sombras, hombres son,
y hombres cuyo corazón
vuestra amistad atesora.
A la luz de las estrellas
os hemos reconocido,

y un abrazo hemos venido
a daros.

DON JUAN Gracias, Centellas.

CENTELLAS Mas... ¿qué tenéis? Por mi vida
que os tiembla el brazo, y está
vuestra faz descolorida.

DON JUAN La luna tal vez lo hará.
(Recobrando su aplomo.)

AVELLANEDA Mas, don Juan, ¿qué hacéis aquí?
¿Este sitio conocéis?

DON JUAN ¿No es un panteón?

CENTELLAS ¿Y sabéis
a quién pertenece?

DON JUAN A mí;
mirad a mi alrededor,
y no veréis más que amigos
de mi niñez, o testigos
de mi audacia y mi valor.

CENTELLAS Pero os oímos hablar:
¿con quién estabais?

DON JUAN Con ellos.

CENTELLAS ¿Venís aún a escarnecellos?

DON JUAN No; los vengo a visitar.
Mas un vértigo insensato
que la mente me asaltó,
un momento me turbó;
y a fe que me dio un mal rato.
Esos fantasmas de piedra

me amenazaban tan fieros,
que a mí acercado no haberos
pronto…

CENTELLAS ¡Ja! ¡ja! ¡ja! ¿Os arredra,
don Juan, como a los villanos,
el temor de los difuntos?

DON JUAN No a fe; contra todos juntos
tengo aliento y tengo manos.
Si volvieran a salir
de las tumbas en que están,
a las manos de don Juan
volverían a morir.
Y desde aquí en adelante
sabed, señor capitán,
que yo soy siempre don Juan,
y no hay cosa que me espante.
Un vapor calenturiento
un punto me fascinó,
Centellas, mas ya pasó;
cualquiera duda un momento.

AVELLANEDA y CENTELLAS Es verdad.

DON JUAN Vamos de aquí.

CENTELLAS Vamos, y nos contaréis
cómo a Sevilla volvéis
tercera vez.

DON JUAN Lo haré así.
Si mi historia os interesa,
a fe que oírse merece,
aunque mejor me parece

que la oigáis de sobremesa.
¿No opináis…?

AVELLANEDA y CENTELLAS
Como gustéis.

DON JUAN
Pues bien; cenaréis conmigo,
y en mi casa.

CENTELLAS
Pero digo:
¿es cosa de que dejéis
algún huésped por nosotros?
¿No tenéis gato encerrado?

DON JUAN
¡Bah! Si apenas he llegado;
no habrá allí más que vosotros
esta noche.

CENTELLAS
¿Y no hay tapada
a quien algún plantón demos?

DON JUAN
Los tres solos cenaremos.
Digo, si de esta jornada
no quiere igualmente ser
alguno de estos.
(Señalando a las estatuas de los sepulcros.)

CENTELLAS
Don Juan,
dejad tranquilos yacer
a los que con Dios están.

DON JUAN
¡Hola! ¿Parece que vos
sois ahora el que teméis
y mala cara ponéis
a los muertos? ¡Mas, por Dios,
que ya que de mí os burlasteis
cuando me visteis así,

en lo que penda de mí
os mostraré cuánto errasteis!
Por mí, pues, no ha de quedar;
y, a poder ser, estad ciertos
que cenaréis con los muertos,
y os los voy a convidar.

AVELLANEDA Dejaos de esas quimeras.

DON JUAN ¿Duda en mi valor ponerme,
cuando hombre soy para hacerme
platos de sus calaveras?
Yo a nada tengo pavor;
(Dirigiéndose a la ESTATUA de Don Gonzalo, que es la que tiene más cerca.)
tú eres el más ofendido:
mas, si quieres, te convido
a cenar, Comendador.
Que no lo puedas hacer
creo, y es lo que me pesa;
mas, por mi parte, en la mesa
te haré un cubierto poner.
Y a fe que favor me harás,
pues podré saber de ti
si hay más mundo que el de aquí
y otra vida, en que jamás,
a decir verdad, creí.

CENTELLAS Don Juan, eso no es valor:
locura, delirio es.

DON JUAN Como lo juzguéis mejor;
yo cumplo así. Vamos, pues.
Lo dicho, Comendador.

ACTO II
LA ESTATUA DE DON GONZALO

Don Juan, Centellas, Avellaneda, Ciutti, la Sombra de doña Inés, la Estatua de Don Gonzalo.

Aposento de Don Juan Tenorio. Dos puertas en el fondo a derecha e izquierda preparadas para el juego escénico del acto. Otra puerta en el bastidor que cierra la decoración por la izquierda. Ventana en el de la derecha. Al alzarse el telón están sentados a la mesa Don Juan, Centellas y Avellaneda. La mesa ricamente servida, el mantel cogido con guirnaldas de flores, etc. Enfrente del espectador, Don Juan, y a su izquierda Avellaneda; en el lado izquierdo de la mesa, Centellas, y en el de enfrente de este, una silla y un cubierto desocupado.

Escena Primera

Don Juan , el Capitán Centellas, Avellaneda, Ciutti y un Paje.

DON JUAN

Tal es mi historia, señores;
pagado de mi valor,
quiso el mismo Emperador
dispensarme sus favores.
Y aunque oyó mi historia entera,
dijo: «Hombre de tanto brío
merece el amparo mío;

vuelva a España cuando quiera»;
y heme aquí en Sevilla ya.

CENTELLAS ¡Y con qué lujo y riqueza!

DON JUAN Siempre vive con grandeza
quien hecho a grandeza está.

CENTELLAS A vuestra vuelta.

DON JUAN Bebamos.

CENTELLAS Lo que no acierto a creer
es cómo llegando ayer
ya establecido os hallamos.

DON JUAN Fue el adquirirme, señores,
tal casa con tal boato,
porque se vendió a barato
para pago de acreedores.
Y como al llegar aquí
desheredado me hallé,
tal como está la compré.

CENTELLAS ¿Amueblada y todo?

DON JUAN Sí;
un necio que se arruinó
por una mujer, vendiola.

CENTELLAS ¿Y vendió la hacienda sola?

DON JUAN Y el alma al diablo.

CENTELLAS ¿Murió?

DON JUAN De repente; y la justicia,
que iba a hacer de cualquier modo
pronto despacho de todo,

viendo que yo su codicia
saciaba, pues los dineros
ofrecía dar al punto,
cediome el caudal por junto
y estafó a los usureros.

CENTELLAS — Y la mujer, ¿qué fue de ella?

DON JUAN — Un escribano la pista
la siguió, pero fue lista
y escapó.

CENTELLAS — ¿Moza?

DON JUAN — Y muy bella.

CENTELLAS — Entrar hubiera debido
en los muebles de la casa.

DON JUAN — Don Juan Tenorio no pasa
moneda que se ha perdido.
Casa y bodega he comprado;
dos cosas que, no os asombre,
pueden bien hacer a un hombre
vivir siempre acompañado;
como lo puede mostrar
vuestra agradable presencia,
que espero que con frecuencia
me hagáis ambos disfrutar.

CENTELLAS — Y nos haréis honra inmensa.

DON JUAN — Y a mí vos. ¡Ciutti!

CIUTTI — Señor.

DON JUAN — Pon vino al Comendador.
(Señalando al vaso del puesto vacío.)

CENTELLAS — Don Juan, ¿aún en eso piensa
vuestra locura?

DON JUAN — ¡Sí, a fe!
Que si él no puede venir,
de mí no podréis decir
que en ausencia no le honré.

CENTELLAS — ¡Ja! ¡ja! ¡ja! Señor Tenorio,
creo que vuestra cabeza
va menguando en fortaleza.

DON JUAN — Fuera en mí contradictorio
y ajeno de mi hidalguía
a un amigo convidar,
y no guardarle el lugar
mientras que llegar podría.
Tal ha sido mi costumbre
siempre, y siempre ha de ser esa;
y al mirar sin él la mesa,
me da en verdad pesadumbre.
Porque si el Comendador
es difunto tan tenaz
como vivo, es muy capaz
de seguirnos el humor.

CENTELLAS — Brindemos a su memoria,
y más en él no pensemos.

DON JUAN — Sea.

CENTELLAS — Brindemos.

AVELLANEDA y DON JUAN — Brindemos.

CENTELLAS — A que Dios le dé su gloria.

DON JUAN — Mas yo, que no creo que haya
más gloria que esta mortal,
no hago mucho en brindis tal;
mas por complaceros, ¡vaya!
Y brindo a que Dios te dé
la gloria, Comendador.

(Mientras beben se oye lejos un aldabonazo, que se supone dado en la puerta de la calle.)

Mas, ¿llamaron?

CIUTTI — Sí, señor.

DON JUAN — Ve quién.

CIUTTI — *(Asomándose por la ventana.)*
A nadie se ve.
¿Quién va allá? Nadie responde.

CENTELLAS — Algún chusco.

AVELLANEDA — Algún menguado
que al pasar habrá llamado
sin mirar siquiera dónde.

DON JUAN — *(A Ciutti.)*
Pues cierra y sirve licor.

(Llaman otra vez más recio.)

Mas llamaron otra vez.

CIUTTI — Sí.

DON JUAN — Vuelve a mirar.

CIUTTI ¡Pardiez!
A nadie veo, señor.

DON JUAN Pues, por Dios, que del bromazo
quien es no se ha de alabar.
Ciutti, si vuelve a llamar,
suéltale un pistoletazo.

(Llaman otra vez, y se oye un poco más cerca.)

¿Otra vez?

CIUTTI ¡Cielos!

AVELLANEDA y CENTELLAS ¿Qué pasa?

CIUTTI Que esa aldabada postrera
ha sonado en la escalera,
no en la puerta de la casa.

AVELLANEDA y CENTELLAS ¿Qué dices?
(Levantándose asombrados.)

CIUTTI Digo lo cierto,
nada más; dentro han llamado
de la casa.

DON JUAN ¿Qué os ha dado?
¿Pensáis que sea ya el muerto?
Mis armas cargué con bala;
Ciutti, sal a ver quién es.

(Vuelven a llamar más cerca.)

AVELLANEDA ¿Oisteis?

CIUTTI — Por San Ginés,
que eso ha sido en la antesala.

DON JUAN — ¡Ah! Ya lo entiendo, me habéis
vosotros mismos dispuesto
esta comedia, supuesto
que lo del muerto sabéis.

AVELLANEDA — Yo os juro, don Juan...

CENTELLAS — Y yo.

DON JUAN — ¡Bah! Diera en ello el más topo;
y apuesto a que ese galopo
los medios para ello os dio.

AVELLANEDA — Señor don Juan, escondido
algún misterio hay aquí.

(Vuelven a llamar más cerca.)

CENTELLAS — ¡Llamaron otra vez!

CIUTTI — Sí,
y ya en el salón ha sido.

DON JUAN — ¡Ya! Mis llaves en manojo
habréis dado a la fantasma,
y que entre así no me pasma;
mas no saldrá a vuestro antojo,
ni me han de impedir cenar
vuestras farsas desdichadas.
(Se levanta y corre los cerrojos de la puerta del fondo, volviendo a su lugar.)
Ya están las puertas cerradas;
ahora el coco, para entrar,
tendrá que echarlas al suelo,

y en el punto que lo intente,
que con los muertos se cuente,
y apele después al cielo.

CENTELLAS ¡Qué diablos, tenéis razón!

DON JUAN ¿Pues no temblabais?

CENTELLAS Confieso
que en tanto que no di en eso,
tuve un poco de aprensión.

DON JUAN ¿Declaráis, pues, vuestro enredo?

AVELLANEDA Por mi parte nada sé.

CENTELLAS Ni yo.

DON JUAN Pues yo volveré
contra el inventor el miedo.
Mas, sigamos con la cena;
vuelva cada uno a su puesto,
que luego sabremos de esto.

AVELLANEDA Tenéis razón.

DON JUAN *(Sirviendo a Centellas.)*
Cariñena;
sé que os gusta, capitán.

CENTELLAS Como que somos paisanos.

DON JUAN *(A Avellaneda, sirviéndole de otra botella.)*
Jerez a los sevillanos,
don Rafael.

AVELLANEDA Hais, don Juan,
dado a entrambos por el gusto;
mas, ¿con cuál brindaréis vos?

DON JUAN Yo haré justicia a los dos.

CENTELLAS Vos siempre estáis en lo justo.

DON JUAN Sí, a fe; bebamos.

AVELLANEDA y CENTELLAS Bebamos.

(Llaman a la misma puerta de la escena, fondo derecha.)

DON JUAN
Pesada me es ya la broma;
mas veremos quién asoma
mientras en la mesa estamos.
(A Ciutti, que se manifiesta asombrado.)
¿Y qué haces tú ahí, bergante?
¡Listo! Trae otro manjar;
(Vase Ciutti.)
mas me ocurre en este instante
que nos podemos mofar
de los de afuera, invitándoles
a probar su sutileza,
entrándose hasta esta pieza
y sus puertas no franqueándoles.

AVELLANEDA Bien dicho.

CENTELLAS Idea brillante.

(Llaman fuerte, fondo derecha.)

DON JUAN
¡Señores! ¿A qué llamar?
Los muertos se han de filtrar
por la pared; adelante.

(La Estatua de Don Gonzalo pasa por la puerta, sin abrirla y sin hacer ruido.)

Escena II

Don Juan, Centellas, Avellaneda y la Estatua de Don Gonzalo.

CENTELLAS ¡Jesús!

AVELLANEDA ¡Dios mío!

DON JUAN ¡Qué es esto!

AVELLANEDA Yo desfallezco.
(Cae desvanecido.)

CENTELLAS Yo expiro.
(Cae lo mismo.)

DON JUAN ¡Es realidad, o deliro!
Es su figura… su gesto.

ESTATUA ¿Por qué te causa pavor
quien convidado a tu mesa
viene por ti?

DON JUAN ¡Dios! ¿No es esa
la voz del Comendador?

ESTATUA Siempre supuse que aquí
no me habías de esperar.

DON JUAN Mientes, porque hice arrimar
esa silla para ti.
Llega, pues, para que veas
que, aunque dudé en un extremo
de sorpresa, no te temo,
aunque el mismo Ulloa seas.

ESTATUA ¿Aún lo dudas?

DON JUAN No lo sé.

ESTATUA
Pon, si quieres, hombre impío,
tu mano en el mármol frío
de mi estatua.

DON JUAN
¿Para qué?
Me basta oírlo de ti;
cenemos, pues; mas te advierto…

ESTATUA
¿Qué?

DON JUAN
Que si no eres el muerto,
lo vas a salir de aquí.
¡Ea! Alzad.
(A Centellas y a Avellaneda.)

ESTATUA
No pienses, no,
que se levanten, don Juan,
porque en sí no volverán
hasta que me ausente yo.
Que la divina clemencia
del Señor para contigo,
no requiere más testigo
que tu juicio y tu conciencia.
Al sacrílego convite
que me has hecho en el panteón,
para alumbrar tu razón
Dios asistir me permite.
Y heme que vengo en su nombre
a enseñarte la verdad;
y es: que hay una eternidad
tras de la vida del hombre.
Que numerados están los días
que has de vivir, y que tienes que morir
mañana mismo, don Juan.

Mas, como esto que a tus ojos
está pasando, supones
ser del alma aberraciones
y de la aprensión antojos,
Dios en su santa clemencia
te concede todavía
un plazo hasta el nuevo día
para ordenar tu conciencia.
Y su justicia infinita
por que conozcas mejor,
espero de tu valor
que me pagues la visita.
¿Irás, don Juan?

DON JUAN Iré, sí;
mas me quiero convencer
de lo vago de tu ser
antes que salgas de aquí.
(Coge una pistola.)

ESTATUA Tu necio orgullo delira,
don Juan; los hierros más gruesos
y los muros más espesos
se abren a mi paso; mira.

(Desaparece la Estatua sumiéndose por la pared.)

Escena III

Don Juan, Avellaneda y Centellas.

DON JUAN ¡Cielos! ¡Su esencia se trueca
el muro hasta penetrar

cual mancha de agua que seca
el ardor canicular!
¿No me dijo: «El mármol toca
de mi estatua»? ¿Cómo, pues,
se desvanece una roca?
¡Imposible! Ilusión es.
Acaso su antiguo dueño
mis cubas envenenó,
y el licor tan vano ensueño
en mi mente levantó.
Mas si estas que sombras creo
espíritus reales son
que por celestial empleo
llaman a mi corazón,
entonces, para que iguale
su penitencia don Juan
con sus delitos, ¿qué vale
el plazo ruin que le dan...?
¡Dios me da tan solo un día...!
Si fuese Dios en verdad,
a más distancia pondría
su aviso a mi eternidad.
«Piensa bien que al lado tuyo
me tendrás...», dijo de Inés
la sombra; y si bien arguyo,
pues no la veo, sueño es.

(Transparéntase en la pared la Sombra de doña Inés.)

Escena IV

Don Juan, la Sombra de doña Inés, Centellas y Avellaneda dormidos.

SOMBRA — Aquí estoy.

DON JUAN — ¡Cielos!

SOMBRA — Medita
lo que al buen Comendador
has oído, y ten valor
para acudir a su cita.
Un punto se necesita
para morir con ventura:
elígele con cordura,
porque mañana, don Juan,
nuestros cuerpos dormirán
en la misma sepultura.

(Desaparece la Sombra.)

Escena V

Don Juan, Centellas y Avellaneda.

DON JUAN — Tente, doña Inés, espera;
y si me amas en verdad,
hazme al fin la realidad
distinguir de la quimera.
Alguna más duradera
señal dame, que segura
me pruebe que no es locura
lo que imagina mi afán,

para que baje don Juan
tranquilo a la sepultura.
Mas ya me irrita, por Dios,
el verme siempre burlado,
corriendo desatentado
de varias sombras en pos.
¡Oh! Tal vez todo esto ha sido
por estos dos preparado,
y mientras se ha ejecutado
su privación han fingido.
Mas, por Dios, que, si es así,
se han de acordar de don Juan.
¡Eh! don Rafael, capitán,
ya basta: alzaos de ahí.

(Don Juan mueve a Centellas y a Avellaneda, que se levantan como quien vuelve de un profundo sueño.)

CENTELLAS ¿Quién va?

DON JUAN Levantad.

AVELLANEDA ¿Qué pasa?
Hola, ¿sois vos?

CENTELLAS ¿Dónde estamos?

DON JUAN Caballeros, claro vamos.
Yo os he traído a mi casa,
y temo que a ella al venir
con artificio apostado
habéis sin duda pensado
a costa mía reír;
mas basta ya de ficción,
y concluid de una vez.

CENTELLAS Yo no os entiendo.

AVELLANEDA ¡Pardiez!
Tampoco yo.

DON JUAN En conclusión:
¿nada habéis visto ni oído?

AVELLANEDA y CENTELLAS ¿De qué?

DON JUAN No finjáis más.

CENTELLAS Yo no he fingido jamás,
señor don Juan.

DON JUAN ¡Habrá sido
realidad! ¿Contra Tenorio
las piedras se han animado,
y su vida han acortado
con plazo tan perentorio?
Hablad, pues, por compasión.

CENTELLAS ¡Voto va Dios! ¡Ya comprendo
lo que pretendéis!

DON JUAN Pretendo
que me deis una razón
de lo que ha pasado aquí,
señores, o juro a Dios
que os haré ver a los dos
que no hay quien me burle a mí.

CENTELLAS Pues ya que os formalizáis,
don Juan, sabed que sospecho
que vos la burla habéis hecho
de nosotros.

DON JUAN ¡Me insultáis!

CENTELLAS No, por Dios; mas si cerrado
seguís en que aquí han venido
fantasmas, lo sucedido
oíd cómo me he explicado.
Yo he perdido aquí del todo
los sentidos, sin exceso
de ninguna especie, y eso
lo entiendo yo de este modo.

DON JUAN A ver, decídmelo, pues.

CENTELLAS Vos habéis compuesto el vino,
semejante desatino
para encajarnos después.

DON JUAN ¡Centellas!

CENTELLAS Vuestro valor
al extremo por mostrar,
convidasteis a cenar
con vos al Comendador.
Y para poder decir
que a vuestro convite exótico
asistió, con un narcótico
nos habéis hecho dormir.
Si es broma, puede pasar;
mas a ese extremo llevada,
ni puede probarnos nada,
ni os la hemos de tolerar.

AVELLANEDA Soy de la misma opinión.

DON JUAN ¡Mentís!

CENTELLAS Vos.

DON JUAN — Vos, capitán.

CENTELLAS — Esa palabra, don Juan…

DON JUAN — La he dicho de corazón.
Mentís; no son a mis bríos
menester falsos portentos,
porque tienen mis alientos
su mejor prueba en ser míos.

AVELLANEDA y CENTELLAS — Veamos.

(Ponen mano a las espadas.)

DON JUAN — Poned a tasa
vuestra furia, y vamos fuera,
no piense después cualquiera
que os asesiné en mi casa.

AVELLANEDA — Decís bien… mas somos dos.

CENTELLAS — Reñiremos, si os fiáis,
el uno del otro en pos.

DON JUAN — O los dos, como queráis.

CENTELLAS — ¡Villano fuera, por Dios!
Elegid uno, don Juan,
por primero.

DON JUAN — Sedlo vos.

CENTELLAS — Vamos.

DON JUAN — Vamos, capitán.

ACTO III

Don Juan, la Estatua de Don Gonzalo , Doña Inés.
Sombras, estatuas, espectros, ángeles.

Panteón de la familia Tenorio. Como estaba en el acto primero de la segunda parte, menos las estatuas de Doña Inés y Don Gonzalo, que no están en su lugar.

Escena Primera

Don Juan, embozado y distraído, entra en la escena lentamente.

DON JUAN

Culpa mía no fue; delirio insano
me enajenó la mente acalorada.
Necesitaba víctimas mi mano
que inmolar a mi fe desesperada,
y al verlos en mitad de mi camino,
presa les hice allí de mi locura.
¡No fui yo, vive Dios! ¡Fue su destino!
Sabían mi destreza y mi ventura.
¡Oh! Arrebatado el corazón me siento
por vértigo infernal... Mi alma perdida
va cruzando el desierto de la vida
cual hoja seca que arrebata el viento.
Dudo... temo... vacilo... en mi cabeza

siento arder un volcán… muevo la planta
sin voluntad, y humilla mi grandeza
un no sé qué de grande que me espanta.
(Un momento de pausa.)
Jamás mi orgullo concibió que hubiere
Nada más que el valor… Que se aniquila
el alma con el cuerpo cuando muere
creí… mas hoy mi corazón vacila.
¡Jamás creí en fantasmas…! ¡Desvaríos!
Mas del fantasma aquel, pese a mi aliento
los pies de piedra caminando siento
por doquiera que voy tras de los míos.
¡Oh! Y me trae a este sitio irresistible
misterioso poder…

(Levanta la cabeza y ve que no está en su pedestal la Estatua de Don Gonzalo.)

Pero, ¡qué veo!
¡Falta de allí su estatua…! Sueño horrible,
déjame de una vez… ¡No, no te creo!
Sal; huye de mi mente fascinada,
fatídica ilusión… estás en vano
con pueriles asombros empeñada
en agotar mi aliento sobrehumano.
Si todo es ilusión, mentido sueño,
nadie me ha de aterrar con trampantojos;
si es realidad, querer es necio empeño
aplacar de los cielos los enojos.
No; sueño o realidad, del todo anhelo
vencerle o que me venza; y si piadoso
busca tal vez mi corazón el cielo,

que le busque más franco y generoso.
La efigie de esa tumba me ha invitado
a venir a buscar prueba más cierta
de la verdad en que dudé obstinado...
Heme aquí, pues; Comendador, despierta.

(Llama al sepulcro del Comendador. Este sepulcro se cambia en una mesa, que parodia horriblemente la mesa en que comieron, en el acto anterior, Don Juan, Centellas y Avellaneda. En vez de las guirnaldas que cogían en pabellones sus manteles, de sus flores y lujoso servicio, culebras; huesos y fuego, etc. (A gusto del pintor.) Encima de esta mesa aparece un plato de ceniza, una copa de fuego y un reloj de arena. Al cambiarse este sepulcro, todos los demás se abren y dejan paso a las osamentas de las personas que se suponen enterradas en ellos, envueltas en sus sudarios. Sombras, espectros y espíritus pueblan el fondo de la escena. La tumba de Doña Inés permanece.)

Escena II

Don Juan, la Estatua de Don Gonzalo y las sombras.

ESTATUA
Aquí me tienes, don Juan,
y he aquí que vienen conmigo
los que tu eterno castigo
de Dios reclamando están.

DON JUAN
¡Jesús!

ESTATUA
¿Y de qué te alteras,
si nada hay que a ti te asombre,
y para hacerte eres hombre
platos con sus calaveras?

DON JUAN
¡Ay de mí!

ESTATUA ¿Qué? ¿El corazón
te desmaya?

DON JUAN No lo sé;
concibo que me engañé;
no son sueños… ¡ellos son!
(Mirando a los espectros.)
Pavor jamás conocido
el alma fiera me asalta,
y aunque el valor no me falta,
me va faltando el sentido.

ESTATUA Eso es, don Juan, que se va
concluyendo tu existencia,
y el plazo de tu sentencia
fatal ha llegado ya.

DON JUAN ¡Qué dices!

ESTATUA Lo que hace poco
que doña Inés te avisó,
lo que te he avisado yo,
y lo que olvidaste loco.
Mas el festín que me has dado
debo volverte, y así,
llega, don Juan, que yo aquí
cubierto te he preparado.

DON JUAN ¿Y qué es lo que ahí me das?

ESTATUA Aquí fuego, allí ceniza.

DON JUAN El cabello se me eriza.

ESTATUA Te doy lo que tú serás.

DON JUAN ¡Fuego y ceniza he de ser!

ESTATUA Cual los que ves en redor;
en eso para el valor,
la juventud y el poder.

DON JUAN ¡Ceniza bien; pero fuego…!

ESTATUA El de la ira omnipotente,
do arderás eternamente
por tu desenfreno ciego.

DON JUAN ¿Conque hay otra vida más
y otro mundo que el de aquí?
¿Conque es verdad, ¡ay de mí!,
lo que no creí jamás?
¡Fatal verdad que me hiela
la sangre en el corazón!
¡Verdad que mi perdición
solamente me revela!
¿Y ese reloj?

ESTATUA Es la medida
de tu tiempo.

DON JUAN ¿Expira ya?

ESTATUA Sí; en cada grano se va
un instante de tu vida.

DON JUAN ¿Y esos me quedan no más?

ESTATUA Sí.

DON JUAN ¡Injusto Dios! Tu poder
me haces ahora conocer,
cuando tiempo no me das
de arrepentirme.

ESTATUA — Don Juan,
un punto de contrición
da a un alma la salvación,
y ese punto aún te le dan.

DON JUAN — ¡Imposible! ¡En un momento
borrar treinta años malditos
de crímenes y delitos!

ESTATUA — Aprovéchale con tiento,

(Tocan a muerto.)

porque el plazo va a expirar,
y las campanas doblando
por ti están, y están cavando
la fosa en que te han de echar.

(Se oye a lo lejos el oficio de difuntos.)

DON JUAN — ¿Conque por mí doblan?

ESTATUA — Sí.

DON JUAN — ¿Y esos cantos funerales?

ESTATUA — Los salmos penitenciales
que están cantando por ti.

(Se ve pasar por la izquierda luz de hachones, y rezan dentro.)

DON JUAN — ¿Y aquel entierro que pasa?

ESTATUA — Es el tuyo.

DON JUAN — ¡Muerto yo!

ESTATUA El capitán te mató
a la puerta de tu casa.

DON JUAN Tarde la luz de la fe
penetra en mi corazón,
pues crímenes mi razón
a su luz tan solo ve.
Los ve… y con horrible afán,
porque al ver su multitud,
ve a Dios en su plenitud
de su ira contra don Juan.
¡Ah! Por doquiera que fui,
la razón atropellé,
la virtud escarnecí
y a la justicia burlé.
Y emponzoñé cuanto vi,
y a las cabañas bajé,
y a los palacios subí,
y los claustros escalé;
y pues tal mi vida fue,
no, no hay perdón para mí.
¡Mas ahí estáis todavía
(A los fantasmas.)
Con quietud tan pertinaz!
Dejadme morir en paz
a solas con mi agonía.
Mas con esa horrenda calma,
¿qué me auguráis, sombras fieras?
¿Qué esperáis de mí?

ESTATUA Que mueras
para llevarse tu alma.
Y adiós, don Juan; ya tu vida
toca a su fin, y pues vano

todo fue, dame la mano
en señal de despedida.

DON JUAN ¿Muéstrasme ahora amistad?

ESTATUA Sí; que injusto fui contigo,
y Dios me manda tu amigo
volver a la eternidad.

DON JUAN Toma, pues.

ESTATUA Ahora, don Juan,
pues desperdicias también
el momento que te dan,
conmigo al infierno ven.

DON JUAN ¡Aparta, piedra fingida!
Suelta, suéltame esa mano,
que aún queda el último grano
en el reloj de mi vida.
Suéltala, que si es verdad
que un punto de contrición
da a un alma la salvación
de toda una eternidad,
yo, santo Dios, creo en ti;
si es mi maldad inaudita,
tu piedad es infinita…
¡Señor, ten piedad de mí!

ESTATUA Ya es tarde.

(Don Juan se hinca de rodillas, tendiendo al cielo la mano que le deja libre la Estatua. Las sombras, esqueletos, etc., van a abalanzarse sobre él, en cuyo momento se abre la tumba de Doña Inés y aparece esta. Doña Inés toma la mano que Don Juan tiende al cielo.)

Escena III

Don Juan, la Estatua de Don Gonzalo, Doña Inés, sombras, etc.

DOÑA INÉS No; heme ya aquí,
don Juan; mi mano asegura
esta mano que a la altura
tendió tu contrito afán,
y Dios perdona a don Juan
al pie de mi sepultura.

DON JUAN ¡Dios clemente! ¡Doña Inés!

DOÑA INÉS Fantasmas, desvaneceos:
Su fe nos salva… volveos
a vuestros sepulcros, pues
la voluntad de Dios es;
de mi alma con la amargura
purifiqué su alma impura,
y Dios concedió a mi afán
la salvación de don Juan
al pie de la sepultura.

DON JUAN ¡Inés de mi corazón!

DOÑA INÉS Yo mi alma he dado por ti,
y Dios te otorga por mí
tu dudosa salvación.
Misterio es que en comprensión
no cabe de criatura,
y solo en vida más pura
los justos comprenderán
que el amor salvó a don Juan
al pie de la sepultura.
Cesad, cantos funerales;

(Cesa la música y salmodia.)

callad, mortuorias campanas;

(Dejan de tocar a muerto.)

ocupad, sombras livianas,
vuestras urnas sepulcrales;

(Vuelven los esqueletos a sus tumbas, que se cierran.)

volved a los pedestales
animadas esculturas;

(Vuelven las estatuas a sus lugares.)

y las celestes venturas
en que los justos están,
empiecen para don Juan
en las mismas sepulturas.

(Las flores se abren y dan paso a varios angelitos, que rodean a Doña Inés y a Don Juan, derramando sobre ellos flores y perfumes, y al son de una música dulce y lejana, se ilumina el teatro con luz de aurora. Doña Inés cae sobre un lecho de flores, que quedará a la vista, en lugar de su tumba, que desaparece.)

Escena IV

Doña Inés, Don Juan y los ángeles.

DON JUAN — Clemente Dios, ¡gloria a Ti!
Mañana a los sevillanos

aterrará el creer que a manos
de mis víctimas caí.
Mas es justo; quede aquí
al universo notorio,
que pues me abre el purgatorio
un punto de penitencia,
es el Dios de la clemencia
el Dios de DON JUAN TENORIO.

(Cae Don Juan a los pies de Doña Inés, y mueren ambos. De sus bocas salen sus almas, representadas en dos brillantes llamas que se pierden en el espacio al son de la música. Cae el telón.)

A la memoria desgraciada del joven literato Don Mariano José de Larra

Ese vago clamor que rasga el viento
es la voz funeral de una campana:
vano remedo del postrer lamento
de un cadáver sombrío y macilento
que en sucio polvo dormirá mañana.

Acabó su misión sobre la tierra,
y dejó su existencia carcomida,
como una virgen al placer perdida
cuelga el profano velo en el altar.
Miró en el tiempo el porvenir vacío,
vacío ya de ensueños y de gloria,
y se entregó a ese sueño sin memoria,
¡que nos lleva a otro mundo a despertar!

Era una flor que marchitó el estío,
era una fuente que agotó el verano;
ya no se siente su murmullo vano,
ya está quemado el tallo de la flor.
Todavía su aroma se percibe,
y ese verde color de la llanura,
ese manto de hierba y de frescura
hijos son del arroyo creador.

Que el poeta en su misión,
sobre la tierra que habita
es una planta maldita
con frutos de bendición.

Duerme en paz en la tumba solitaria
donde no llegue a tu cegado oído
más que la triste y funeral plegaria
que otro poeta cantará por ti.
Esta será una ofrenda de cariño
más grata, sí, que la oración de un hombre,
pura como la lágrima de un niño,
¡memoria del poeta que perdí!

Si existe un remoto cielo
de los poetas mansión,
y solo le queda al suelo
ese retrato de hielo,
fetidez y corrupción;

¡digno presente por cierto
se deja a la amarga vida!
¡Abandonar un desierto
y darle a la despedida
la fea prenda de un muerto!

Poeta, si en el no ser
hay un recuerdo de ayer,
una vida como aquí
detrás de ese firmamento…
Conságrame un pensamiento
como el que tengo de ti.

ÍNDICE